로크미디어가
유혹하는
재미있는 세상
ROK
MEDIA
로크미디어

다시 사는
재벌가
망나니

다시 사는 재벌가 망나니 30

2023년 5월 24일 초판 1쇄 인쇄
2023년 5월 30일 초판 1쇄 발행

지은이 맹물사탕
발행인 강준규

기획 이기헌 왕소현 박경무 강민구 조익현
책임편집 금선정
마케팅지원 이원선

발행처 (주)로크미디어
출판등록 2003년 3월 24일
주소 서울시 마포구 마포대로 45 일진빌딩 6층
Tel (02)3273-5135 **Fax** (02)3273-5134
홈페이지 rokmedia.com **E-mail** rokmedia@empas.com

값 9,000원

ISBN 979-11-408-0822-9 (30권)
ISBN 979-11-354-9456-7 04810 (세트)

다시 사는 재벌가 망나니

맹물사탕 현대 판타지 장편소설

30

Contents

1장

—ㅇㅅㅈ

배성준의 핸드폰에 충전 단자를 꽂고 문자메시지 발신함을 확인했더니 나온 초성 세 글자였다.

여진환이 침묵을 깨며 중얼거렸다.

"……이건 누가 보아도 이성진일 거 같군요."

여진환의 중얼거림에 이어 정진건이 고개를 주억거렸다.

"'누가 보아도'라기보단 정황을 아는 우리니까 떠올릴 수 있는 이름이지만. 어쨌거나 그렇다는 건 배성준 형사는 당시 누군가에게 '이성진'에 대한 내용을 발신했단 것인데……."

강하윤이 정진건의 말을 받았다.

"그야 조설훈에게 보낸 게 아니겠습니까?"

"글쎄, 확실한 건 이 핸드폰으로 오랜 시간 통화한 인물과 메시지 발신자가 동일한 번호를 사용하고 있다는 것뿐이긴 하지."

그뿐만 아니라 해당 핸드폰은 예의 번호와 꾸준히 그리고 일정 기간 동안 통화한 내역이 있었지만 정진건의 말마따나 조설훈이 대포 폰을 사용했다는 물적 증거는 없었다.

'아마 우리가 유령이라 부르는 인물이 처분한 모양이군.'

정진건이 여진환을 보았다.

"그러고 보니 배성준 형사는 석동출 형사에게 SJ컴퍼니와 도깨비신문에 대해 조사해 달라는 부탁을 하지 않았나?"

"예."

여진환이 고개를 끄덕였다.

"그리고 동출이 형…… 아니, 석동출 형사는 이후, 제게 병실에서 SJ컴퍼니가 어떤 회사인지 물어보기도 하였습니다."

그러며 여진환은 석동출과 SJ컴퍼니에 대해 묻고 답한 내용을 간추려 전했다.

"그렇다는 건, 석동출 형사가 배성준 형사에게 조사한 자료를 건넬 때만 하더라도 석동출 형사는 이성진에 대해 몰랐거나 별로 의식하지 않았던 모양이로군."

"저도 그렇게 생각합니다."

석동출에게 SJ컴퍼니에 대해 설명할 당시만 하더라도 정작

여진환조차 이성진이 이름뿐이 아닌 실제 경영자라는 것을 모르고 있었지만.

강하윤이 끼어들었다.

"그러면 배성준 형사는 SJ컴퍼니와 도깨비신문이라는 두 회사를 조사하면서 그 접점에 성진이가 있다는 걸 알았다는 의미입니까?"

"문자메시지로 유추하자면 그렇겠지."

정진건이 대답했다.

"만약 이 핸드폰과 연결된 것이 조설훈의 핸드폰이었다고 한다면, 그는 이성진에 대한 정보를 조설훈에게 흘린 것일 거야."

강하윤이 인상을 찌푸렸다.

"그리고…… 양상춘 박사님 말씀으로는 조설훈의 다음 표적이 성진이일 거라고도 하셨고요."

조설훈이 아직 초등학생에 불과한 이성진을 해하려 했다는 것은 상상만 해도 끔찍하고 불쾌한 일이었지만, 조설훈은 이미 자신의 목숨으로 그 죗값을 치렀다.

"……결국 배성준 형사도 그런 사람이었나."

정진건의 씁쓸한 중얼거림에 여진환이 고개를 저었다.

"아뇨, 저는 그렇지 않다고 봅니다."

"음?"

"문자메시지가 발송된 시간을 보십쇼. 조설훈이 사망한 당일에 보낸 문자입니다."

여진환이 말을 이었다.

"제 생각에 배성준이 조설훈에게 이 문자를 보낸 건, 그와 만나기 위한 미끼가 아니었을까 합니다. 심지어는 그 전후로 조설훈과 짧은 통화까지 했으니까요."

정진건이 턱을 긁적였다.

하긴, 당시를 생각해 보면 당일에는 이미 배성준 형사에 대한 내사가 한창 진행 중일 때였다.

궁지에 몰려 있던 조설훈으로서는 배성준과의 관계를 끊어 버리고 싶었을 것이고, 배성준은 조설훈과 만날 구실로 이성진이라는 먹음직스러운 미끼를 던져 그를 낚아챘으리라.

'심지어 석동출 형사에게 권총을 빌려 가면서까지 말이지…….'

그런 것이라고 한다면, 당시 배성준은 조설훈과 함께해 온 이 미친 짓거리의 매듭을 스스로 끊어 내고자 하지 않았을까.

'……설령 그렇다 한들 이제 와서는 확인할 도리도 없지만.'

정진건이 고개를 저었다.

"다만 설령 그렇다 하더라도 이제 와서는 별 의미 없는 단서에 불과한 것 같군. 이 시점에 이르러선 이 문자메시지도 우리가 알아낸 것을 재확인한 과정에 불과하게 됐어. 좀 더 일찍 알아냈더라면 수사에 도움이 되었을지도 모르겠지만……."

정진건의 씁쓸한 소회에 여진환은 잠시 뜸을 들였다가 입

을 열었다.

"아뇨, 의미가 있을지도 모릅니다."

"무슨 의민가?"

"제 생각은 이렇습니다. 즉, 당시만 하더라도 조설훈은 배성준 형사와 만날 계획이 없었다, 그러니 배성준 형사는 이성진을 미끼로 조설훈과 만나는 자리를 만들었다……. 그렇다는 건 당초 조설훈의 계획 속에 배성준 형사의 자리는 없었다는 의미가 되지 않을까요?"

여진환의 말을 곱씹던 정진건이 고개를 끄덕였다.

"그렇다고 한다면 배성준 형사의 연락을 받기 전까지만 하더라도 조설훈은 조지훈 살해에 배성준을 끌어들일 생각이 없었다는 것이 되겠군."

"예, 사건 현장까지 간 것도 배성준 형사의 뜻이 아니었을지도 모릅니다."

강하윤은 잠자코 두 사람의 대화를 들으며 그들이 배성준 형사란 인물을 조금 미화해 주는 것이 아닐까, 하고 생각했지만 아무 말도 하지 않았다.

'내게는 그저 부패 형사일 뿐인걸.'

정진건이 고개를 끄덕였다.

"좋아, 여 형사 의견은 그러하다 치고. 거기에는 또 무슨 의미가 있는 것 같은가?"

"예, 어쩌면 그와 마찬가지로 '유령'의 행동도 현장에서 결정된 걸지 모른다는 겁니다."
"……흠, 계속해 보게."
"예, 어쩌면 유령은 조설훈이 하고자 하는 걸 뒤늦게 눈치채고 다급히 따라붙어 현장에서 판단을 내린 걸지도 모릅니다. 그렇다는 건, 유령이 처음부터, 아니 최소한 그날 조설훈을 죽일 생각까진 없었다는 것이 되지 않을까 해서요."
정진건은 여진환의 말을 듣고서야 '나도 그를 너무 좋게 생각하고 있는 걸지도 모르겠군.' 하고 자각했다.
여진환이 즉석에서 떠올린 추리는 아무래도 얼기설기 엮어 거친 감이 없지 않았던 것이다.
'뭐, 여 형사도 석동출 형사와 개인적인 친분 때문에 배성준 형사를 좋게 생각하려는 거겠지.'
생각을 마친 정진건이 고개를 저었다.
"어쩌면 그럴지도 모르지만, 당분간 그 판단은 유보해 두지. 우리도 지금은 추측뿐이고."
"……예."
정진건의 말을 들으며 여진환도 자신이 확증편향적인 추리를 했음을 깨닫곤 얼굴이 붉어졌다.
"정 형사님."
그사이 여기저기 전화를 돌리던 방승혁이 전화기를 내려놓고 정진건을 불렀다.
"아, 예."

"전화를 돌리다 보니 부산경찰청 강력계의 김강철 형사란 사람 소개를 받게 되었습니다만, 잠시 뒤에 통화 가능하겠습니까?"

부산? 창원이 아니라?

정진건의 시선에 방승혁이 아차 하며 머리를 긁적였다.

"아, 그쪽이랑 연결된 경위부터 말씀드려야겠군요. 사실……."

방승혁은 그들에게 김강철 형사란 사람을 소개받게 된 경위를 설명했다.

정진건을 비롯한 경찰 소속원들이 증거 자료실에서 배성준의 핸드폰을 받아 와 이를 확인하고 토론하는 사이, 방승혁은 자신이 맡은 바 소임을 다해 여기저기 전화를 돌렸다.

그가 먼저 알아본 건 경남 창원 쪽 수사관 지인이었다.

처음에는 '창원에 그런 놈들이 한둘인가' 하며 난감한 기색을 표했지만, 방승혁이 '조광'과 '개발'이라는 키워드를 던져 주었더니 지인은 가진 정보를 압축해 꽤나 귀가 솔깃해질 이야기를 들려주었다.

그 시기, 창원 개발 단지에는 대기업의 하청을 받는 광남 건축사무소라는 곳이 있었다고 한다.

사실 말이 건축사무소이지 실상은 조직폭력배나 다름없는 조직으로, 그들은 두목인 조두환을 중심으로 '광남파'라는 이름을 자처하며 창원에 영향력을 행사하기 시작했다.

어쨌건 방승혁의 질문에 답하자면, 당시 광남파는 그중 조광 그룹으로부터 알선을 받아 땅주인을 '설득'하는 데 힘썼을지 모른다는 여러 이야기가 나왔지만, 그들이 범죄와의 전쟁 당시 철퇴를 맞고 해체되는 사이 수사는 흐지부지되고 말았다.

"그뿐이면 그만입니다만, 그 사람 말이 최근 들어 꽤 묘한 소문이 돈다더군요."

그건 몇 해 전부터 다시 광남파라는 이름이 들려온다는 소문이었다.

그것도 단지 그뿐이면 모를까, 소문에 의하면 광남파는 부산으로 거점을 옮겨 마약을 유통하고 있다는 소문까지 있다고.

"그러면서 자세한 건 부산경찰청 강력계 김강철이란 사람을 통해 알아보면 좋을 거라고 하더군요. 아마 지금쯤이면 저희가 연락을 했으면 한다는 전달이 갔을 듯합니다."

방승혁의 이야기를 들은 정진건이 희미한 미소를 지었다.

"고생하셨습니다. 큰 도움이 됐습니다."

빈말이 아니라 정말로.

아마 방승혁의 인맥이 아니었다면 경찰들 사이의 묘한 관할구역 알력 다툼을 뚫느라 진땀깨나 흘렸을 것이다.

"하하, 아직 이렇다 할 이야기가 나오기 전이니 공치사는 나중에 하시죠."

그나저나 마약이라니.

'대한민국에 설마 마약이 돌고 있었다는 건가?'

이 시대는 아직 마약 범죄 관련 전담반이 없다. 그래서 마약 범죄 수사는 검찰의 경우 각 지검 강력부를, 경찰 강력계를 통해 임하고 있었다.

이는 한편으론 이 시기만 하더라도 아직 대한민국이 마약 청정국에 가까웠으며, 그에 대한 경각심을 가지기 전이란 방증이기도 했다.

그런 만큼 '마약'이 언급된 것에 광수대 임시 수사팀 일동이 화들짝 놀란 건 나름의 이유가 있었던 것이다.

'만약 그렇다고 한다면…… 이건 꽤나 경각심을 가져야만 할 일이겠군.'

방승혁이 자리를 비켜 주며 메모한 번호를 손가락으로 가리켰다.

"여기로 전화 거시면 될 겁니다."

"감사합니다."

정진건은 잠시 호흡을 가다듬은 뒤 수화기를 들었다.

인맥을 통했다고는 하나, 과연 저쪽에서 협조적으로 나와 줄지는 또 다른 문제인 것이다.

정진건이 전화를 걸고 몇 차례 신호가 간 뒤, 상대가 전화를 받았다.

–예, 강력계 김강철 형사입니다. 무엇을 도와드릴까요?

형사 특유의 형식적인 친절함과 마지못한 시큰둥함이 묻

어나는 인사말이었지만, 정진건은 오히려 그 전형성에 조금 마음을 놓으며 입을 뗐다.

"안녕하십니까. 광수대 정진건 형사라고 합니다."

—아, 예! 전화 주신다고 했던……?

잠시 뜸을 들인 김강철 형사에게선 그제야 부산 방언이 묻어났다.

"예, 그렇습니다."

—히야, 이거 반갑심더. 이거 참, 광수대에 대해서는 지도 뉴스에서 쫌 봤거든예. 대단하시더만요.

게다가 다행히도 김강철 형사는 경찰들의 끊어 내야 할 악습인 관할 구역 기 싸움에 구애되지 않는 사람인 듯해 저도 모르게 미소를 지었다.

"그러셨습니까."

—뭐, 같은 나랏밥 묵고 사는 처지기도 하고. 그란데 개인적으로다가 쪼까 서운한 게 있긴 합니더.

"예? 무슨……."

—그 뭐꼬, 전라도 경찰이랑은 함께 일하믄서 우리랑은 뭐 없나 싶어 가지고예.

"……."

뭘 어쩌라는 건지.

—농담입니더. 마, 암튼 간에 광남파 그 자슥덜에 대해 궁금한 게 있다 꼬예?

"예, 그렇습니다."

–흠…….

김강철은 수화기 너머 한숨을 내쉬더니 목소리를 조금 낮춰 말을 이었다.

–솔직히 말하면…… 이거 쫌 어렵습니더.

"……어렵다? 그게 무슨 말씀이십니까?"

–뭐 별건 아이고. 우리도 다들 광남파, 광남파 하이까는 금마들이 있다는 건 아는데, 뭐시냐, 그 실체까지는 확인을 몬 했다 이겁니다.

"……."

들으니 별거 아닌 게 아니다만, 그 말은 부산 방언 특유의 추임새 같은 거라고 생각하기로 했다.

'그나저나 광남파란 조직은 꽤나 꼬리를 잘 숨기는 이들인 모양이군.'

정진건은 어렵게 찾아낸 흔적이 여기서 흔적을 끊어 낸 것은 아닌가, 하는 걱정이 들었다.

하지만 실체를 확인할 수 없었다는 말은 곧 다시 말해 '실체' 그 자체를 인지하고 있다는 말이기도 했다.

'하긴 그러지 않고서야 광남파란 이름을 알고 있는 것부터가 불가능하지.'

생각을 마친 정진건이 물었다.

"그러면 부산 경찰 측에서 광남파를 인지한 것은 어떤 식으로 이루어졌습니까?"

―흠, 일단은 말이지요…….

김강철이 알아 낸 정보의 출처는 부산 조폭이었다.

경찰이 부산에 마약이 돈다는 걸 알아 낸 계기는 어느 청년이 약에 취해 운전을 하다가 전봇대를 들이박은 것이 계기로, 현장에서 체포한 중독자는 술집 여자를 통해 마약을 손에 넣었다고 했다.

그런 일이 있고부터 부산 경찰 측은 그들이 알고 있는 인맥(?)인 조폭들을 동원하여 그 출처를 캤지만, 그들이 조폭으로부터 얻은 정보는 그 마약이 '광남파'를 자처하는 이들의 점조직으로부터 공급되는 것 같단 내용이었다.

"그런 일이 있었군요."

―예. 그러다 보이, 이 동네 깡패 자슥들도 요걸 우째 해 볼끼라고 혈안이 되가 동네를 쑤시고 다닌다 아입니까.

그도 그럴 것이 마약은 막장 조폭들도 터부시하는 물건일 뿐만 아니라, 그게 부산이 아닌 '창원 조폭'에 의한 것이라면야 더더욱.

김강철이 투덜댔다.

―암튼 간에 우리도 그 문제로다가 꽤 골치가 아픕니더. 근데, 정 형사님이라 했지요.

"예."

―……서울서 그 일로다가 연락을 주신 걸 보이까네, 혹시 서울에서도 마약이 돕니꺼?

김강철은 이 일이 전국구로 확장된 건 아닌가 하는 우려를 담아 물었지만.

"제가 알기로는 다행히 그렇지는 않은 것 같습니다."

—그라예? 그렇다 카니까 다행입니다만.

한시름 놓은 김강철이 물었다.

—근데 서울서 그 일로 제게 전화를 주신 거 보이까네, 그쪽서도 관련해가 뭐 있나 봅니다?

그 슬쩍 떠보는 말에 정진건은 잠시 김강철과 정보를 공유해도 좋을지 망설였지만, 기브 앤 테이브, 저쪽이 준 게 있으니 이쪽도 응당 내놓을 것이 있어야 한다는 생각에 대답을 내놓았다.

"아직 수사 중이어서 저희도 자세한 말씀은 드리기 어렵습니다만…… 그 광남파 배후에 조광 그룹이 있는 것은 아닌가 해서요."

정진건의 대답에 김강철은 진지한 어조로 물었다.

—조광이라 하믄…… 설마 그 조광 그룹의 조광 말씀이십니까?

그 외에 다른 조광이 있을 리 없으니 정진건은 긍정했다.

"예. 다만 아까 말씀드렸듯 아직 확정된 사안은 아닙니다."

—……하이고 마.

그럼에도 불구하고 김강철은 혀를 쯧쯧 차는 추임새로 정진건의 말을 받았다.

—그나저나 조광이라 들으니 사건 스케일이 쫌 커지네예. 다른 한편으

로는 그라이 광남파 임마들이 요렇게 활동을 할 수 있었던 기가 싶기도 하고…….

"……거듭 말씀드리지만 아직 확정 요소는 아닙니다."

—걱정 마이소. 어차피 알아도 뭐 우리가 우째 할 도리도 없지마는…….

알아도 도리가 없다?

정진건이 그 대목에 집중했더니, 김강철은 그 직후 아차, 하고 말했다.

—방금 그건 마, 못 들은 걸로 해 주이소.

"무슨 일이라도 있습니까?"

—이거 참.

김강철은 잠시 뜸을 들였다가 목소리를 낮췄다.

—정 형사님, 혹시 지금 통화하는 거 다른 사람도 듣고 있습니꺼?

"다른 사람은……."

방금 전부터 줄곧 전체 통화로 돌려 둔 상황이어서 팀원들은 이 대화를 처음부터 듣고 있었다.

"예."

—끄응.

"그래도 한 손에 꼽을 만한 극소수의 팀원들만 함께하고 있습니다."

—……그렇다니 다행이기는 한데.

김강철은 헛기침을 한 뒤 목소리를 낮춰 말을 이었다.

—마, 이 상황에 뺄 거 뭐 있겠습니까. 해서 말인데…… 솔직히 말씀드리면 상황이 좀 요상합니다.

상황이 요상하다?

—우리라 해가 마, 이 상황을 손 놓고 쳐다볼라 한 건 아니라예. 이래저래 돌아다니다 보면은 우리도 이것저것 귀에 들어오는 것도 있고, 잡을라믄 잡아넣을 만한 아그들이 한 트럭이지예. 근데…….

김강철은 한층 더 목소리를 낮춰 말을 이었다.

—우리끼리, 그러니까 부서에서 친한 사람끼리 하는 이야깁니다마는, 윗선에서 사건을 뭉개고 있는 거 아이가 하는 이야기가 나오지 않겠습니꺼.

"……윗선에서요?"

—소문입니다, 소문. 마, 글타고 우리가 이리 미적지근하게 있는 거도 따지고 보믄 그럴듯한 이유는 있거든예. 그 왜, 부산에 약 팔고 돌아댕기는 아들이 뭐시냐, 점조직이라 안 캅니까.

광남파가 점조직 형태로 마약을 팔아치우고 있으리란 건 앞서 김강철과 대화에서 그러지 않을까 생각해 오던 차였다.

—그래가 소위 말하는 일망타진을 할라카믄 한 발짝 뒤로 물러서가 상황 돌아가는 걸 함 볼 필요가 있다, 이게 우리끼리 내놓은 잠정적인 결론이라예.

"……저도 거기에 나쁜 의도가 숨어 있을 거란 생각은 들지 않습니다."

—하모요. 제 생각도 그렇습니더. 그래도 이걸 뭐라 캐야 카노, 정 형사

님도 경찰 밥 묵은 지 좀 됐지예?

"……그런 편입니다."

-그라이까네. 그 왜, 암만 비밀 작전을 한다 캐도, 결국에는 제일 앞장서가 수갑 채우는 게 우리 형사들 아입니꺼.

"그렇지요."

-그치예. 그라믄 마, 우리도 이래저래 잔챙이 몇 놈이라도 잡아들이가 뭘 해 봐야 하는 것인데 우째 된 통인지 가만 내버려 두라카데예. 그래가 우리도 이기 무신 일이고 싶어 갖고예.

김강철의 말은 정확한 근거 없는 푸념에 가까운 것이었지만, 이 일로 다져온 형사들의 감이란 때때로 일기예보보다 더 정확히 들어맞을 때가 있는 법이다.

'하긴 점조직을 일망타진하기 위한 전략이라고 한다면 그럴 법하긴 하다만, 그래도 이건 마치 더 큰 작전을 앞두고 기밀을 유지하는 느낌에 가깝군.'

김강철이 말을 이었다.

-암튼 간에 그러다 보이 우리도 핵심은 못 건들고 곁가지만 치고 있는데, 조폭들 사이에서 요상한 소문이 도는 거 같아서예.

"소문?"

아마 정진건이 자신의 입장을 솔직히 털어놓지 않았더라면 얻지 못했을 정보일 것이다.

-예. 금마들이 연합을 구성한다 캅니다.

"연합……."

—마, 옛날에 조성광이가 부산에 내려온다고 할 때에도 그 비슷한 움직임은 있었으니 그리 대단한 거는 아이고……. 그 왜, 깡패 놈들한테는 명분이 의리맹키로 중요하지 않습니까? 서울은 어떤지 잘 모르겠지마는 부산은 쫌 그런 거 따지거든예.

"저희 쪽도 마찬가지입니다."

—예, 암튼 간에 소문에 의하면 인마들이 마순태라고, 한물간 깡패를 중점으로다가 연합을 만든다고 하네예.

마순태가 누군지는 모르겠지만, 정진건은 부산 조폭들이 한물간 깡패를 중심으로 연합을 만든다는 대목에 집중했다.

'그렇다는 건, 실권을 넘겨 줄 필요가 없는 허수아비를 세워 두고 뒤에서 뭔가 수작질을 하려는 속셈인 건가.'

조폭들은 자신들만의 '영역'을 확보하는 일을 여타 직업군(?)보다 더 중요시하는 편이었다.

더군다나 부산 조폭들 입장에서 보자면 창원에서 올라온 광남파가 제 앞마당에서 버젓이 마약을 팔아치우는 꼴을 가만 두고 볼 리 없으니, 광남파를 몰아내고자 연합을 구성한 것 자체는 이상할 것 없는 일이었다.

하지만 대표로 허수아비를 앞세웠다고 하는 건, 그들의 목적이 광남파를 몰아내는 것에 그치는 것이 아닌, 그 광남파를 몰아낸 뒤의 '콩고물'에 더 구미가 당기기 때문일 터.

'이거 자칫하다가는 마약 루트가 깡패들에게 통째로 넘어가게 생겼군.'

만일 그렇게 된다면 경찰이 염려해야 할 건 점조직이 흩어져 광남파의 꼬리를 붙잡지 못하는 것에 그치지 않게 될 것이다.

'김강철 형사의 고민도 그쪽과 무관하지 않은 것일 테지.'

정진건이 진지한 어조로 물었다.

"그러면 그쪽은 지금 어떻습니까?"

―음, 듣기로는 마순태 조카라 하는 사람이 이래저래 조폭 두목들을 만나고 다닌다 캅니다만……. 아, 그렇지.

김강철이 어조를 고쳐 물었다.

―정 형사님. 말이 나온 김에 부탁 하나 드려도 되겠습니까?

"부탁요?"

―예. 이 마순태의 조카라 하는 양반이 실은 서울에서 그…… 뭐시냐, 엔터테인먼트? 엔터테인먼트 사업을 한다고 들었습니더. 혹시 그 양반에 대해 아시는 게 있을까 싶어 갖고예. 왜, 그 양반도 서울 사람이라카고.

서울에 살면 다 아는 사람일까.

'무슨 서울에서 김 서방 찾는 일도 아니고.'

정진건은 떨떠름한 기분이 드는 한편, 그가 '엔터테인먼트 사업을 한다'는 말에 주목했다.

'……마침 그쪽은 인맥이 있으니, 알아 봐 줄 수는 있겠군.'

정진건이 물었다.

"알아봐 드리죠. 이름이 어떻게 됩니까?"

―예, 마동철이라고 들었습니다.

마동철?

'왠지 어디서 들어 본 것 같기도 하고……'

하지만 그 이름과 행적만으로는 당장 와닿는 게 없었다.

'아주 특이한 이름도 아니니까.'

그래도 '엔터테인먼트 사업을 하는 마동철'이라는 단서라면 알아볼 여지가 있지 않을까. 그가 강하윤을 힐끗 쳐다보니, 대화를 듣고 있던 강하윤은 '제가 알아보겠습니다' 하고 대답하듯 고개를 끄덕였다.

"알겠습니다. 알게 되면 연락을 드리죠."

―하이고 감사합니다.

"아닙니다. 저야말로 김 형사님 말씀이 많은 도움이 되었습니다."

빈말이 아니라 김강철과 나눈 통화에서 정진건은 꽤 그럴듯한 정보를 모을 수 있었다.

부산에 마약이 유통되고 있다는 것이고, 그 배후에 광남파와 조광이 개입해 있을지도 모른다는 것.

'만약 광금후의 장부에 기재된 현금 유입이 여기서 온 것이라고 하면……'

잘만 하면 광금후와 신진물산에 대한 압수수색 영장을 발부받을 수 있을지도 모른다.

'부산 경찰들의 윗선은 이 일에 신중하게 움직이려 하는 모양이지만, 서울도 그렇지는 않으니까.'

통화를 마친 정진건이 강하윤을 보았다.

"그렇게 됐으니 강 형사, 엔터테인먼트 쪽에서 마동철이란 사람이 있는지 알아봐 줄 수 있겠나?"

"예. 알아보겠습니다."

"그러면 그쪽은 강 형사에게 맡겨 두지."

그다음, 정진건은 방승혁을 보았다.

"방 수사관님, 수사관님께서는 여 형사와 함께 박강호 검사님을 찾아뵙고 이번 일을 말씀드려 주십시오."

이번 일의 일등공신인 방승혁은 흔쾌히 고개를 끄덕였다.

"예, 저도 그럴 생각이었습니다."

"감사합니다. 그러면 저는 강 형사가 조사를 마치는 대로 합류하겠습니다."

"예."

그다음은 여진환이었다.

"여 형사, 이제 곧 박강호 검사님께 자네가 조사한 장부에 대해 말씀드릴 예정이니 자네는 조사한 내용을 정리해 두게."

"예, 선배님."

정진건이 고개를 끄덕였다.

방승혁이 사무실을 나가고, 여진환이 자리에 앉는 사이 강하윤은 핸드폰을 꺼내 전예은에게 전화를 걸었다.

잠시 신호가 울린 뒤, 전예은이 전화를 받았다.

—여보세요.

"여보세요, 나야 예은아. 하윤 언니."

–아, 네. 안녕하세요, 언니.

갑작스럽다면 갑작스런 전화였지만, 며칠 전 함께 회식도 해서인지 전예은은 살갑게 전화를 받았다.

"응, 뭣 좀 물어보려고 전화했는데…… 혹시 바쁜 건 아니지?"

–지금은 괜찮아요. 이제 막 회의가 끝났거든요.

"그래? 너도 참 바쁘게 지내네."

–언니만큼은 아닐 거예요.

밝게 웃은 전예은이 물었다.

–저, 그런데 저한테 물어볼 거라는 건…….

"아, 그렇지. 음, 지금 사람을 찾고 있는데 마침 엔터테인먼트 쪽 종사자라고 들어서 말이야."

–그렇군요. 제가 아는 분이면 좋겠는데……. 그분 성함이 어떻게 되세요?

"응, 마동철이란 사람인데, 혹시 알고 있니?"

강하윤은 전예은이 수화기 너머 헛숨을 들이켜는 걸 똑똑히 들었다.

설마 전화가 끊어졌나 싶어 강하윤이 '여보세요' 하고 물으려는 찰나, 전예은이 한참 만에 입을 뗐다.

–마동철이란 성함에 엔터테인먼트 업계에 종사하시는 분은 저도 한 사람밖에 몰라요.

어쨌건 알긴 안다는 말에 강하윤은 조금 반색하며 물었다.

"그래? 누군데?"

—……저희 SJ엔터테인먼트 전무님이세요.

SJ엔터테인먼트 전무?

정진건은 전예은과 통화 중인 강하윤의 표정이 딱딱하게 굳는 걸 보곤 앉은 자세를 고쳤고, 열심히 장부를 들여다보고 있던 여진환도 무슨 일인가 싶어 고개를 들었다.

강하윤은 그런 정진건과 눈을 마주친 뒤, 고개를 끄덕이곤 수화기에 대고 물었다.

"아, 그랬구나."

—그런데 무슨 일이세요?

전예은이 조심스레 물었다.

—혹시 저희 전무님께 무슨 일이라도…….

"아니야."

강하윤은 일부러 밝은 목소리를 냈다.

"마동철 전무님이라고 했니? 아는 사람이 물어봐서."

—……네에.

일단 대답은 곧잘 했지만 전예은도 강하윤이 둘러댄 말을 곧이곧대로 믿는 눈치는 아니었다.

전예은이 잠시 뜸을 들였다가 말을 이었다.

—무슨 일인지는 모르겠지만 만나서 이야기하실래요?

"아니야."

강하윤은 그럴 필요가 없음에도 손사래를 쳤다.

"예은이 너 바쁘잖아."

'너 바쁘지 않냐'며 사양하는 건, 곧 본인 또한 그러므로 그럴 의사가 없단 의도를 에둘러 표현하는 말이다.

전예은은 그런 강하윤의 의도를 어렵지 않게 읽어 냈다.

-조금 그렇기는 해요.

전예은이 말을 이었다.

-그래도 혹시 더 물어보실 게 있으면 사양 말고 말씀해 주세요. 저희 회사 퇴근 시간 보장은 잘해 주거든요.

"아하하, 그렇구나. 예은이는 좋겠네."

방금 전 부럽다는 이야기는 진심이다.

"알았어. 그럼 다음에 시간 날 때 보자."

-네, 언니.

그렇게 약간은 형식적인 작별을 마치고 난 뒤, 강하윤은 전화를 끊었다.

전예은이 전화를 마치자마자 정진건이 물었다.

"강 형사의 반응을 보니 뭔가 있긴 한가 보군."

"예."

강하윤이 딱딱한 얼굴로 대답했다.

"예은이 말에 의하면 마동철은 SJ엔터테인먼트 전무라고 합니다."

"……흠."

이걸 단순한 우연의 일치로 보아야 하나?

동명이인의 가능성도 배제할 수는 없지만, '엔터테인먼트 업계에 종사하는 마동철'이라는 인물이 두 명 이상일 거란 생각은 들지 않는다.

더군다나 마동철은 이번 사건에 깊숙이 개입하고만 이성진의 자회사 인물인 것이다.

그때 잠자코 있던 여진환이 끼어들었다.

"사칭인 건 아닐까요?"

"……사칭?"

"예. 자세한 내용은 더 알아보아야 하겠지만…… 설마하니 SJ엔터테인먼트의 전무씩이나 되는 사람이 새삼 조폭들과 결탁한다는 건 말이 안 되는 거 같아서 그렇게 생각했습니다."

하긴, 현재 엔터테인먼트 업계 최상위로 분류되는 SJ엔터테인먼트의 전무, 그것도 그 위에는 이성진뿐인 위치의 사람이 무엇이 아쉬워 부산까지 내려가 조폭 연합을 운운할까.

만약 이성진이 마동철을 전무이사로 임명하지 않고 평사원으로 두었다면 이들의 생각은 다른 방향으로 진행되었겠지만, 이번 일은 의도치 않게 이성진에게 조금 유리한 방향으로 흘러갔다.

'……그렇다면 그 사칭자는 대체 누구지?'

어쨌건 마동철을 사칭 중인 사람은 부산 조폭 연합을 이끌 사람이니, 그의 삼촌 격인 마순태란 인물을 통해 검증도 마

쳤을 것이다.

'그 마동철이 SJ엔터테인먼트의 마동철을 사칭하는 건지는 아직 모르겠지만.'

모두의 머릿속에 떠오른 그 의문점에서 가장 먼저 퍼뜩하고 새로운 가설을 떠올린 인물은 여진환이었다.

'아니, 그래도 설마…….'

그래도 앞서 김강철 형사와 나눈 이야기 맥락에서도 그런 징후는 있었고…….

여진환이 조심스레 입을 뗐다.

"저, 혹시…… 동출이 형이 아닐까요?"

"석동출 형사 말인가?"

정진건이 황당하다는 듯 되묻자 여진환은 '괜히 말을 꺼냈나' 싶으면서도 꿋꿋이 자신의 주장을 관철했다.

"예. 제 생각에는 동출이 형, 그러니까 석동출 형사가 마동철이란 위장 신분으로 그들 사이에 잠입해 있는 건 아닌가 하고……."

"……흠."

"그, 게다가 아까 김강철 형사님 말씀에 의하면 윗선에서 수사를 뭉개고 있는 것 같단 식의 이야기도 나오지 않았습니까? 그러니 만일 이번 일이 그만한 기밀성을 보장해야 하는 일이라면 그렇지 않을까 해서요."

여진환도 말하며 깨달은 사실이지만 석동출이 그런 위험

한 비밀 임무를 띠고 조폭들 사이에 잠입한 거라면, 그가 자신을 밀어내듯 하며 아무 말 없이 경찰을 관둔 것도 이해가 갔다.

하지만 다소 횡설수설한, 어딘지 모르게 변명처럼 들리기까지 하는 여진환의 말에 강하윤이 쓴웃음을 지었다.

'에이, 무슨 영화도 아니고.'

여진환의 황당무계하기까지 한 생각은 그가 여기 있는 다른 사람들과 달리 석동출에 대해 팔이 안쪽으로 굽어 있기에 떠올릴 수 있는 생각일 것이다.

하지만 만약 그게 사실이라면?

강하윤과 달리 정진건은 그런 가능성 자체를 원천 배제하지 않았다.

배성준 형사처럼 조광과 경찰 사이에서 정보를 팔아치운 사람이 있다면 그 반대의 경우도 불가능하지는 않은 것이다.

'그래도 대한민국 경찰처럼 경직된 조직이 그런 생각을 떠올렸다고는…….'

만에 하나, 백 번 양보해서 여진환의 가설이 옳다고 하더라도, 그러면 정진건이 리더로 있는 이 임시 팀에서는 무엇을 해야 하는가.

'……잘 모르겠군.'

정진건이 고개를 저었다.

"일단 알아 둘 만하군. 그러면 여 형사 생각에는 김강철 형사에게 우리가 알아낸 정보를 공유해야 한다고 생각하나?"

정진건의 질문에 여진환은 확신을 갖고 '그러지 말자'고 답하지 못했다.

그런 여진환을 물끄러미 쳐다보던 강하윤이 툭하고 입을 뗐다.

"해야 하지 않겠습니까?"

두 사람의 시선을 받은 강하윤은 괜스레 어깨를 움츠렸다가 말을 이었다.

"만약 여 형사의 말대로 부산의 마동철이란 인물이 석동출 형사라고 한다면 부산 경찰의 도움을 받을 수도 있을 거라고 봅니다."

"하지만 우리는 아직 저쪽의 계획을 모르는 상태이지 않나?"

"그렇기는 합니다만……."

정진건의 물음에 강하윤이 뺨을 긁적였다.

"만일 그렇다고 해도, 저희 측과 상대편의 결과적인 목적은 동일하다고 생각합니다. 국내 마약 밀수 조직을 일망타진하는 거죠."

"……그도 그런가."

반대의 경우인 석동출이 타락하여 조폭 편에 붙었을 거란 가능성은 언급조차 하지 않았다.

만일 그런 것이라고 한다면 그런 몰골로 전락해 버린 석동출이 어떤 길을 걷게 되건 악인의 말로는 신경 쓸 바가 아니기 때문인 것도 있었다.

'결국엔 우리가 해야만 하고 할 수 있는 일을 하는 수밖에.'

정진건이 마음속으로 결론을 내렸을 때, 방승혁이 박강호를 대동하고 사무실로 왔다.

"안녕하십니까."

박강호 검사는 사무실로 들어서며 쾌활하지만 진지한 태도로 모두에게 인사했다.

"어서 오십시오, 검사님."

정진건의 인사를 받으며 박강호가 고개를 끄덕였다.

"예. 방승혁 계장님께 간략히 설명을 듣기는 했습니다만 신진물산 쪽에 새로운 정보가 있다죠?"

"그렇습니다."

박강호는 무척 바쁜 모양인지 빠르게 본론으로 넘어가고자 했다.

그래서 정진건은 방금 그들 사이에서 재기된 마동철=석동출 가설은 일단 접어 두기로 하고 여진환에게 눈짓을 했다.

"여 형사, 자네가 알아낸 내용을 검사님께 설명드리도록 하게."

"예."

박강호는 서류 뭉치를 들고 일어서려는 여진환을 만류한 뒤, 직접 여진환의 책상으로 가서 설명을 들었다.

"흠."

명색이 대한민국 엘리트 중의 엘리트인 검사여서 그런지, 박강호는 여진환의 설명을 어렵지 않게 받아들였다.

"말씀을 들으니 문제 삼고자 하면 문제를 제기할 수 있는 정도군요. 하지만……."

박강호가 고개를 저었다.

"아직 그것만으로는 영장 발부 심사를 받기 힘들 것 같습니다. 저도 전문가는 아니지만 이 정도면 어느 기업에서고 있을 법한 내용인 것 같거든요. 고생하셨는데 죄송합니다."

"아닙니다."

여진환이 쓴웃음을 지었다.

그도 일부러 남 앞에서 티를 내지는 않지만, 여진환이 박강호에게 자신이 실은 누구인지 커밍아웃(?)을 하고 난 뒤부터 박강호의 말투에는 은근히 그를 동생 챙기듯 하는 느낌이 묻어났던 것이다.

'이 자리에서 형이랑 상담해 보란 말을 안 꺼낸 것만 해도 다행이지.'

그때 정진건이 슬쩍 끼어들었다.

"저, 검사님. 방 수사관님께 들으셨는지는 모르겠습니다만……."

"예?"

박강호가 방승혁을 보자, 그는 머리를 긁적였다.

“죄송합니다. 정리가 덜 끝난 거 같아서 아직 말씀을 못 드렸습니다.”

“아뇨, 죄송하실 것까지는…….”

한편 박강호는 이들이 자신만 쏙 빼놓고 무슨 이야기를 하나 싶어 정진건을 보았다.

“무슨 말씀이십니까?”

“예, 실은 수사관님이 검사님을 모시러 가기 직전에 수사관님이 도와주셔서 부산 경찰 측과 연락을 했습니다.”

“……부산요?”

“예.”

정진건은 일행을 쭉 둘러본 뒤, 박강호에게 김강철과 통화한 내용을 간추려—그러면서 석동출에 대한 논의는 빼놓고—들려주었다.

“……흐음.”

정진건의 이야기를 묵묵히 들은 박강호는 진지한 얼굴로 고개를 주억이곤 여진환을 보았다.

“그러면 여진환 형사님 생각에는 신진물산의 부자연스러운 현금 유입이 마약 거래에서 얻은 차익이라고 생각하십니까?”

“지금은 그렇게 생각합니다.”

“……알겠습니다.”

이들을 그들의 생각 이상으로 신뢰하고 있는 박강호는 그 말을 의심 없이 받아들였다.

"그러면 그쪽으로 영장 심사를 넣어 보죠. 다만 개인적인 바람으론 그전에 좀 더 명확한 근거를 제시할 수 있으면 좋겠습니다."

확실히 하고자 한다면 광남파가 재건에 성공했으며 아직 광금후와 연결을 유지하고 있다는 증거가 필요하단 말이었다.

"예, 알아보겠습니다."

"예. 그러면……."

박강호는 잠시 생각하다가 여진환을 따로 부르기로 했다.

"여 형사님, 요청 서류에 보강 자료가 필요할 거 같은데 사무실로 와 주시겠습니까?"

"예? 아, 예."

용건을 전달한 박강호가 정진건을 보았다.

"그럼 일이 바쁘니 먼저 가 보겠습니다."

"바쁘신 와중 와 주셔서 감사합니다."

정진건의 말에 박강호가 픽 웃었다.

"감사를 들을 처지는 아니죠. 개인적인 일도 아닌데요. 그럼 실례하겠습니다."

박강호와 여진환이 사무실을 나서고 난 뒤, 정진건이 강하윤을 돌아보곤 입을 뗐다.

"그러면 강 형사는 구봉팔 쪽이 어떻게 됐는지 조금 조사해 줄 수 있겠나?"

"예. 움직여 보겠습니다."

"음."

그렇게 여진환과 강하윤이 사무실을 나서고 방승혁과 단둘이 남게 된 상황에서 방승혁이 물었다.

"저는 뭘 할까요?"

"음, 방 수사관님께서는……."

정진건이 잠시 생각하다가 대답했다.

"마동철이란 인물에 대해 알아봐 주시겠습니까?"

"……흠."

방승혁이 고개를 끄덕였다.

"제가 검사님을 부르러 간 사이 뭔가 알아내신 모양이군요."

"그렇습니다. 실은……."

그리고 정진건은 방승혁에게 강하윤이 들은 내용을 전달했다.

'설마 이번 일에도 이성진이 연루되어 있을 거라고는 생각하지 않지만…… 알아 둬서 나쁠 것도 없으니까.'

―오랜만에 얼굴이나 한번 보자꾸나.

이미라에게 연락한 당일 저녁에 그녀와 만나게 될 줄은 몰랐지만, 이번엔 내가 그녀에게 부탁하는 입장이었으므로 나

는 군말 없이 신화호텔로 향했다.

택시에서 내려 신화호텔 로비로 향하니 익숙한 얼굴의 지배인이 나를 맞아 주었다.

"어서 오십시오, 이성진 사장님."

나는 당연히 언젠가 방문한 적 있던 이미라의 단출한 개인 사무실에서 그녀를 보게 될 거라고 생각했으나, 지배인의 안내를 받아 도착한 곳은 호텔 2층 한식당이었다.

이미라가 얼마 전부터 재개장을 준비하고 있는 한식당은 정원이 한눈에 보이는 위치로 리모델링을 거치기까지 해서, 호텔 입장에선 꽤 큰맘을 먹은 듯했다.

기존 신화호텔 한식당도 평가는 나쁘지 않았지만, 이미라는 아예 이 한식당이 대한민국을 대표하는 한식당으로 되었으면 하는 의도를 담고 있는 모양이었다.

'전경부터가 그렇지. 특히 여기서 내려다보이는 저 별채.'

아직 건설 중이어서 가림 막을 쳐 두기는 했지만 호텔 별채는 그녀가 자부심을 갖고 관리하는 정원이 한눈에 보이는 위치임과 동시에 다른 호텔 투숙객은 창가에서 바라보기 힘든, 프라이버시를 보장하는 장소였다.

듣기로는 외교관 등의 VVIP를 대상으로 마련한 곳이라나.

'받는 손님 스케일부터가 국내 최고를 자처할 만해.'

그러잖아도 은근히 신경 쓰이던 경영 승계 문제가 이휘철의 은퇴와 동시에 해결되면서부터 이미라는 하나둘, 그녀가 머릿속에 구상 중이던 아이디어를 이렇듯 거침없이 풀어내고 있었다.

그런 그녀가 이번 별채를 기획한 건 사실 채산성과 별도로 '인맥'을 구성하기 위한 것으로, 전생에 별 볼 일 없는 서민으로 살아왔던 내게는 이미라가 어떤 계획을 가지고 있을지, 그리고 물밑 로비로 무슨 이득을 추구하려 하는지 짐작만 할 뿐 먼 세상 이야기처럼 와닿지 않는 스케일의 이야기였다.

"왔니?"

앉은 자리에서 서류를 들여다보던 이미라가 인사하며 눈짓하자 지배인은 꾸벅 묵례하곤 말없이 자리를 비켰다.

"안녕하세요, 당고모님."

"그래, 사내아이는 사흘만 못 봐도 어떻다더니, 그새 또 자랐구나. 앉으렴."

나는 이미라가 권한 그녀의 맞은편 자리에 앉았고, 그녀는 자연스럽게 의자 옆 서류 가방으로 서류를 치웠다.

"숙부님은 안녕하시니?"

"네, 정정하세요."

지나치게 정정해서 문제지.

내 말에 이미라가 살짝 웃었다.

"정말, 그러시는 거 보면 얼마 전에 입원하셨다는 게 거짓말처럼 느껴진다니까."

이휘철과 자신의 친부에 대해 오해를 푼 이미라는 그 이

전, 그리고 전생만 하더라도 이휘철에 대해 생각할 계기가 생기면 조금씩 내비치곤 하던 그림자가 말갛게 씻겨 나간 것처럼 보였다.

"아버지는 잘 지내시고?"

"음…… 그런 거 같아요. 저도 얼굴은 자주 못 뵙지만요."

"하긴, 태석이 바쁜 거야 하루 이틀 일도 아니지만. 성진이 너도 그에 못지않으니 말이야."

이거, 슬쩍 밑밥을 까시는군.

'상류층 사교계 소문에서 둘째가라면 서러워 할 이미라이니, 응당 나와 조세화에 대한 소문을 들으신 모양인걸.'

숨길 것도 없겠다, 나는 순순히 인정했다.

"네, 요즘 들어 부쩍 그런 편이기는 해요."

"후후, 그랬구나."

하지만 이미라는 고단수답게 자신이 던진 밑밥을 곧장 회수하지 않았다.

"저녁은 안 먹었지?"

"네."

"그럼 먹으면서 이야기하자꾸나. 이것도 따지면 일이어서 성진이 너를 내 업무에 끌어들인 모양이 되고 말았지만."

"아니에요, 기대하고 있습니다."

'소문'이 사실이라면, 마찬가지로 신화식품을 통해 국내 물류 유통에도 다소나마 관여하고 있는 그녀 입장에선 조광이라는 국내 굴지의 유통업체와 친하게 지내는 내 의도가 무언지 복잡하게 생각할 터였다.

어쩌면 혹시나 내가 S&S의 지분 구조에 불만이 있는 걸지도 모른단 생각을 하고 있을지도 모른다.

'그건 오해인데 말이야.'

뭐, 그러는 나 역시 이미라의 복잡한 수를 알고서도 모른 척 넘어가 주기로 했다.

내가 도착하면 즉시 음식을 조리하란 명령이라도 하달되었던 것일까, 베테랑 직원이 금세 흠 잡을 구석 없는 서빙을 마쳤다.

나는 직원이 식기를 두고 떠나길 기다렸다가 입을 뗐다.

"식기도 전부 유기(鍮器)로 만드셨네요."

"응, 생각해 보니 그간 우리 호텔이 한식에 소홀했던 거 같아서."

뭐, 원래 사람이 등 따시고 배부르면 문화를 찾는 법이라고, 이미라도 경영이 안정되니 그 외적인 가치를 추구하고 싶어진 것일 게다.

이미라는 말이 나온 김에 묻는다는 듯 말을 이었다.

"내부는 어떤 거 같니?"

나는 그녀의 말에 보란 듯 식당 내부를 휘둘러보았다.

한식당은 아직 개장 전이어서 그런지 이미라가 앉은 자리를 제외하곤 하얀 보자기로 가구의 손상을 방지하고 있었다.

하지만 그 미완성인 실루엣만으로도 이미라가 이 한식당에 추구하는 미학적 가치관이 어떤지는 대강 알 것 같다.

'한옥의 어레인지 버전인가.'

한식당에서 내려다보이는 길이며 저 멀리 그녀가 별채를 만들려고 비워 둔 장소, 그리고 그 주변에 드문드문 보이는 장식 등에서 나는 이미라가 이 시대에는 아직 남들이 섣불리 건드려 보려 하지 않는 한국 전통을 재해석하려 한다는 걸 알아보았다.

'그래도 왠지 모르게 비전문가인 나로선 설명하기 힘든 촌스러움이 있는 거 같군.'

그건 근미래 기준에서 본 내 시각 때문일까, 전통을 촌스러운 것으로 치부하는 이 시대감각은 그럴 필요가 없는 퓨전을 시도해서 사족을 붙이고 만 듯한 느낌이 없지 않아 느껴졌다.

'차라리 전통을 밀어붙이거나 없던 걸 창조하면 모를까……. 아니, 오히려 잘됐나.'

나는 내 의도를 숨기며 일단 그녀에게 물었다.

"솔직하게 말씀드려도 될까요?"

"그럼. 그러려고 여기 부른 거니까."

"좀 촌스러워요."

내 대답이 그녀가 생각한 이상으로 솔직했던 것일까, 이미라는 눈을 동그랗게 떴다가 풋, 웃음을 터뜨렸다.

"성진이도 그렇게 봤구나."

성진이'도' 그렇다는 건 이미라의 눈에도 이 별채 건축물 결과가 눈에 차지 않았던 것이리라.

'나야 의도가 있어서 한 말이지만, 느낀바 사실이 그렇기도 하니까.'

이미라가 웃음기를 쓴웃음으로 고치며 말을 이었다.

"나도 이번 기회에 공부하면서 알게 된 거지만 한국 전통의 아름다움이란 게 참 어렵더구나. 조금만 화려해도 천박해지고, 그렇다고 화려함을 거둬들이면 소박해지기 일쑤니……. 소박한 멋이란 것도 나쁘지는 않지만 우리 호텔을 찾아온 손님들에게 된장찌개나 김치찌개를 내놓을 수도 없는 노릇 아니니?"

된장찌개나 김치찌개에 대한 내 호감도와는 별개로, 그건 그것대로 맞는 말이었다.

'이를테면 그 절묘한 균형을 어떻게 잡아내는가 하는 문제로군.'

이미라는 에피타이저로 나온 호박죽을 한 입 떠먹었고, 나도 그에 맞춰 죽을 한입 맛보았다.

'맛은 있네.'

그러나 이미라는 그마저도 별로 성에 차지 않는 눈치였다.

"음식만 하더라도 그래."

이미라가 숟가락을 내려놓았다.

“일단 코스 요리 방식을 생각하고 있지만 그게 한국적인가 하면 왠지 모르게 안 어울리는 옷을 억지로 껴입은 느낌이 들거든.”

“음, 사실 코스 요리라는 것도 그 기원은 러시아에서 온 거 아닌가요?”

내 말에 이미라는 다시 웃었다.

“그래, 잘 아는구나. 맞아, 그 시작은 러시아 황실이었다고 하지. 표트르 대제였던가.”

이미라가 어깨를 으쓱였다.

“어쨌건 지금은 코스 요리 형식을 생각하고 있기는 한데, 이게 옳은 길일까 하는 생각이 들어서 말이야. 성진이도 알겠지만 한국식 밥상차림이라고 하면 한 상 가득 반찬이 곁들여 나오는 게 정석이지 않니?”

글쎄.

실제로 근미래, 한식 파인 다이닝 레스토랑을 표방하는 곳들 역시 코스 요리 형태의 요리를 내왔고, 그 방식은 성공적으로 먹혔단 것으로 알고 있는 나로선 이미라가 느끼는 불만의 원인이 어디에 있는 것인지 잘 모르겠다.

‘그러니 이런 방식 자체가 그르다기보다는 이미라가 추구하는 이상과 이 식당 구성이 성에 차질 않는단 것이겠지.’

이미라 본인은 그걸 깨닫지 못한 모양이지만.

‘나도 그 부분은 콕 짚어 설명해 주기 어렵군.’

나는 빙긋 웃으며 대답했다.

"아직 에피타이저만 먹었을 뿐이지만 요리 자체는 흠잡을 곳을 못 찾겠는데요."

"……하긴, 그것도 그러네. 요리가 나오면 생각날 때마다 이야기를 해 보자꾸나."

죽 그릇을 비우고 나니 직원은 다음 요리를 가지고 왔다.

다음은 손바닥만 한 크기로 고급스럽게 부쳐 낸 전 요리가 나왔다.

요리의 맛 자체는 이번에도 훌륭했다.

'이 서민적인 메뉴를 잘도 고급스럽게 만들었군.'

아마 오성환이나 하다못해 허상윤 정도의 조예가 있다면 여기 쓰인 기름이 무엇인지도 알아맞힐 수 있겠지만, 나는 그 정도로 미각이 뛰어난 편은 아니다.

'내가 아는 건 그저, 맛있다는 것 정도야.'

그러니 요리에 한해서라면 상담할 상대를 잘못 고른 것 같다고 생각하며 뒤이어 나온 떡갈비 구이를 먹었다.

'이것도 맛있네. 분명 최고급 한우를 썼겠지.'

그래서 혹시나 하고 물어보니 그렇단 대답이 나왔다.

'그래, 이 정도면 외국인에게도 충분히 먹힐 법해……. 음? 그런데 뭔가 좀……'

그쯤해서 나는 어렴풋하게나마 이미라가 느낀 불만의 정체에 공감하기 시작하다가 마지막 상차림으로 나온 시래깃

국과 흑미밥, 각종 반찬을 보며 마침내 깨달았다.

'아하, 그런 거였나.'

나는 깨달음 직후 내 표정을 물끄러미 바라보던 이미라를 마주 보았다.

"뭔가 생각난 모양이구나."

"……아마추어의 견해지만요."

"후후, 평가 좋은 패밀리 레스토랑 사장님이 아마추어면 나는 뭐가 되니?"

나는 길만 깔아 줄 뿐, 메뉴 구성은 천재 요리사인 오성환에게 일임하고 있는데.

"그럼 성진이 생각을 한번 들어 볼까?"

"예. 그전에 당고모님께 여쭤보고 싶은 게 있습니다."

"뭐니?"

"이 한식당의 예상 고객층은 누구인가요?"

이미라가 대답했다.

"Everyone."

"……."

누가 이 집안 핏줄 아니랄까 봐.

이미라는 내 표정을 보며 웃었다.

"농담이지만 농담이 아니기도 하단다. 나는 한식이 무엇인가 하는 물음에 우리 신화호텔이 답을 내놓았으면 싶거든."

거창하시군요.

아니 국내 초일류 호텔 오너로서는 이 정도야 마땅히 추구해야 할 목표라는 건가.

"그리고 장래에는 한식으로 최초의 미슐랭 스타를 받는 식당이 되었으면 싶은 기대도 있어."

나는 고개를 끄덕였다.

'알겠군. 하지만 이래서야 이미라가 추구하는 이상과 맞을 리 없지.'

나는 젓가락을 내려놓았다.

"알겠습니다. 하지만 만약 당고모님께서 그런 의도로 한식당을 재개장하시는 거라면 이 구성으로는 어려울 거라고 생각합니다."

이미라는 내 말에 불쾌한 기색은커녕 눈을 반짝였다.

"이를테면?"

이미라가 구상 중인 별채의 목적이며 이 한식당의 존재 의의를 생각했을 때, 아마 이미라도 조금 더 시간을 들이면 답을 찾아냈을 거라고 생각하지만.

'소소하긴 하지만 여기서 이미라에게 빚을 지워 두어서 나쁠 건 없지.'

나는 담담하게 대답했다.

"당고모님 생각에는 이 한식당이 호텔에 있는 프렌치 레스토랑과 경쟁해서 경쟁력이 있다고 생각하시나요?"

이미라는 그 약간의 단서만으로도 내가 하려는 말의 의도를 곧바로 캐치해 냈다.

'그도 그럴 것이 이대로는 재료와 조리 기술만 초일류일 뿐, 흔해빠졌으니까.'

이 시대에 다른 선택지가 있음에도 일부러 한정식을 찾아다니며 먹는 부류는 중장년층을 제외하면 극소수였다.

그것도 젊은 세대에 한정한다면 더더욱.

'내가 알기로도 이 시대에 데이트 코스로 한정식을 먹으러 가는 커플은 없었지.'

그런 한정식이 재조명을 받게 된 것은 2000년대 초반에 나온 어느 드라마와 건강상의 이점이 있다는 것, 그리고 한류가 시작되며 자국민 스스로가 한국 문화에 대해 재고하는 기회가 오면서였다고 생각한다.

하지만 지금은 그런 드라마가 나온 적도, '한류'라 할 만한 것도, 심지어는 근미래엔 거의 한물간 유행어 취급받던 '웰빙'이라는 단어가 아직 나온 적도 없는 시대였다.

그런 의미에서 보자면 이미라의 이번 기획은 시대를 앞서가는 것으로, 이 또한 전생에는 없었던 일이었다.

'아니 혹시 모르지. 그때도 시도했다가 별 재미를 못 보고 접었을지도.'

어쨌건 이 시대에 한정식을 발굴하고자 하는 이미라의 선구자적 시도는 나로서도 고개를 끄덕이며 감탄할 정도지만, 정작 나오는 요리가 이래서야.

이번에 먹은 음식은 죄다 훌륭한 완성도를 띤 것이긴 하나, 동시에—까놓고 말해서—어디에서나 볼 수 있는 음식에 불과했다.

당장 내가 전생을 통틀어 이성진의 집에서 먹는 것만 하더라도 조리 기술면에서 조금 뒤떨어질지 모르나 재료 면에서는 최고급을 내놓는 신화호텔 한식당의 그것에 못지않다.

이미라가 내어 놓은 한정식은 그 표면적인 형식만 코스요리를 빌려왔을 뿐, 미슐랭 스타를 받은 유수의 서양 요리사들이 추구하는 창발적 접근은 전혀 고려하지 않은 것이었다.

'전통을 추구하려면 차라리 그걸 극한까지 밀어붙이든가, 아니면 형식의 파괴와 재조립을 통해 본 적 없는 음식을 내놓아야 할 테지.'

사실 그 자체만으로도 사람에 따라선—특히 한식에 대해 잘 모르는 외국인이라든가—만족하고 넘어갈지 모르나, 어디 외국인만을 대상으로 해서는 굳이 대한민국 최고급 호텔인 신화호텔 레스토랑의 이름이 아깝다.

내가 이미라에게 물은 것도 그런 의미를 내포한 것으로, 이미라는 내 말에 잠시 생각에 잠겼다가 고개를 주억거렸다.

"성진이 네 말이 맞아. 방금 전에 먹었던 요리엔 그만한 기술과 재료를 투입했다는 자부심은 있지만, 그건 우리 호텔의 다른 레스토랑도 마찬가지지. 사람들은 같은 값이면 좀 더 새로운 체험을 하려 할 테고……."

이미라가 테이블 위 빈 접시를 보며 말을 이었다.

"이 정도 요리는 어디 유명한 한정식집에 가도 맛볼 수 있겠지. 설령 차이가 있다 하더라도 그 차이를 알아내는 사람은 극소수일 거야."

뭐, 나름대로 변주를 주기는 했지만 이 정도 구성이면 '잘 먹었다'는 생각이 들지언정 감동을 받을 정도는 아닌 것이다.

더군다나 이미라는 고객으로 하여금 감동을 끌어내고자 하고 있으니, 그녀 스스로도 내 말을 듣고 어디서 불만이 있었는지 새삼 깨닫게 된 것이리라.

이미라가 쓴웃음을 지었다.

"곱씹을수록 어처구니없는 실수를 했네. 이럴 거라면 굳이 리모델링을 할 필요 없이 기존 한식당을 개선하는 방향에서 진행해도 됐겠어."

거기에 한식당을 '제외'한다는 선택지는 없었다.

신화호텔이 국내 최고를 자부하며 대한민국을 대표하려면 명목상으로도 한식당 정도는 갖춰 두어야 나중에 괜한 말이 나오지 않으니까.

"그런데 당고모님."

"응?"

"궁금해서 여쭙는 건데요. 지금 만들고 있는 별채도 그렇고, 이번 한식당 리뉴얼도 그렇고, 요즘 들어 우리 전통 문화에 관심이 많으신가 봐요?"

내 말에 이미라는 빙긋 미소 지었다.

"그런 셈이지. 실은 얼마 전에 우리 호텔을 다녀간 어느 손님께 들은 이야기가 계기지만."

"손님요?"

"그래. 아주 편히 잘 쉬고 갔다고 말하더구나."

그러면 단순한 립서비스 칭찬으로만 들리는데.

아니나 다를까, 그것뿐만이 아닌지 이미라의 말이 이어졌다.

"그래서 고국으로 돌아가면 우리 호텔을 참조해서 휴양 시설을 지어 보면 좋겠단 말을 들었지."

거 손님, 손이 참 크시네요.

"다만 거기서 문득 이런 생각이 들었단다. '우리 호텔은 남이 참고로 삼을 정도의 호텔인가?' 하고."

"……."

표면상으론 단순한 칭찬 이상으로 보이지 않았지만, 이미라는 거기서 다른 식의 사고를 확장한 듯했다.

"그렇다면 참고 삼아서 만들 수 없을 만한 휴양 시설은 무엇이 있을까, 생각했지. 그래서 생각해 보니 '잘 지은 호텔'은 많지만, 거기밖에 없는 호텔은 손에 꼽을 정도더구나. 그리고 그런 호텔은 대개 그 지역, 그 국가에서만 느낄 수 있는 향취가 자연스럽게 묻어났고."

즉, 이미라가 도달한 결론은 '한국에서만 볼 수 있는 가장 한국적인 호텔'에 대한 관점이었다.

'전생에는 이런 고민이 없었을까?'

음, 굳이 생각하자면 전생의 이 시기 신화호텔은 동남아시아에 대규모 호텔 사업을 진행했다가 사실상 환율 문제가 불거지며 동아시아 전체를 강타한 IMF 때문에 관련 사업을 접고 철수해야만 했다.

'그러니 내 조언으로 인해 그런 일이 사라진 지금은 이미라에게 다른 생각을 할 만한 여유가 생겨났던 거겠지.'

물론 거기엔 나뿐만이 아니라 이휘철의 '명분과 합리성 두 마리 토끼를 잡은 정당한 승계'가 이루어진 것도 영향을 끼쳤겠지만.

'이 시대에 그런 사고를 떠올린 이미라도 인물은 인물이야.'

그리고 생각한 바를 곧장 실행에 옮길 수 있었다는 건, 그녀가 신화호텔을 완전히 장악하는 데 성공했다는 방증이기도 했다.

당장 이태석만 보더라도 그는 공식적으로 은퇴를 발표한 이휘철로부터 사실상 정당한 승계를 받은 입장임에도 불구하고, 여태껏 회장 자리는 공석으로 비워 둔 채 사장직에 머무르며 권인수 부회장 일파와 으르렁대는 중이었으니까.

'그런 이미라가 내 편이 되어 주면 뒷배가 든든하긴 하겠지.'

내가 신화호텔을 집어삼키는 건 먼 훗날의 일이거나 먼 훗날에조차 어불성설일지라도.

이미라는 생각에 잠긴 나를 물끄러미 바라보다가 툭 말을 던졌다.

“아무튼, 계기는 그 정도고.”

이미라가 어조를 고쳐 말을 이었다.

“그러면 성진이 생각에는 없던 일로 치고 다시 갈아엎어야 한다고 보니?”

나는 고개를 저었다.

‘반대를 하면 그에 걸맞은 해결책도 내놓아야 하는 법이지.’

여기서 ‘예’ 하고 답하는 건 이 집안 핏줄이 원하는 방향이 아니다.

“아니에요. 저도 한식당을 개선하고자 하는 당고모님의 견해엔 찬성하거든요. 다들 시작이 반이라고들 하잖아요? 그러니까 여기서 조금만 더 나가면 될 거라고 생각해요.”

“조금만 더?”

“네, 좀 더 욕심을 내는 거죠.”

내 말에 이미라가 웃었다.

“욕심이라니. 녀석, 말하는 게 숙부님을 닮아 가는구나.”

“…….”

음, 나도 모르는 새 이휘철의 영향을 받고 있는 건가?

"자, 그럼 욕심이라고 했으니까 성진이는 내가 어떤 욕심을 내면 좋겠니?"

"음…… 미슐랭 스타를 노릴 정도로요."

이미라는 눈을 동그랗게 떴다.

"미슐랭?"

미슐랭 별을 따는 건 하늘의 별을 따는 것만큼이나 어렵다고들 하는 건 요리 업계의 상식이다.

비록 그 시초는 타이어 회사의 여행 가이드 책자에서 시작했지만 오늘날(이 시대까지도) '미슐랭 스타'는 공공연한 공신력을 획득하게 되었고, 이는 요리사로 하여금 그 별의 개수에 상관없이 명예로운 훈장으로 자리매김한다.

'심지어 매해 새로 선정하거나, 선정했던 레스토랑의 별을 떼어 내기도 하니 요리사들에겐 현실에 안주하는 일 없이 계속해서 자신을 채찍질하게 되지.'

뭐, 잘난 척하며 말하고는 있지만 나도 미슐랭 인증을 받은 레스토랑엔 한 번도 가 보지 못했다.

'내가 오성환에 대해 아는 것도 전생에 그가 경영하는 파인다이닝 레스토랑에 가 봐서가 아니라 TV에 출연한 그를 보고서 알고 있는 것뿐이고.'

그런 의미에서 생각해 보면, 지금 내가 대표로 있는 패밀리 레스토랑에서 일하는 오성환의 실력은 그의 본 실력이 아닐 뿐만 아니라, 오히려 그 실력을 썩히고 있는 건 아닌지 모르겠다.

아무래도 패밀리 레스토랑이란 입장상 시간과 예산이란 제약에 얽매일 수밖에 없으니까.

'그래도 경영자 입장에서 파인 다이닝 레스토랑을 운영하는 건 영 수지에 맞질 않지. 파인 다이닝은 어찌 해도 돈이 안 되거든.'

하지만 신화호텔의 경우는 다르다.

그야 신화호텔에 입점해 있는 레스토랑 메뉴가 일반적인 서민이 보기엔 헛숨을 들이켜게 만드는 가격표를 달고 있기는 하지만, 그 가격은 인건비며 재료비 등등을 따져 보았을 때 본전치기나 다름없는 가격이다.

그런 이미라가 호텔에 레스토랑을 두고 있는 건, 그것이 '서비스'의 연장선이기 때문에 다름 아니었다.

'애당초 한식 레스토랑으로 돈을 벌거면 육개장 체인점을 만들거나 가성비 좋은 제육덮밥 전문점으로 가면 훨씬 잘될 일이니까.'

그렇다고 5성 호텔에 한식당이랍시고 김밥과 분식을 파는 건 말이 안 되니, 이번 컨설팅에서 주안점을 둘 건 수익성 향상이 아니다.

내 말을 어린애의 치기 어린 야망으로 치부해 버릴 수도 있겠지만, 이미라는 그러지 않았다.

"한식으로 미슐랭을 노린다……."

그녀는 내가 한 말을 곱씹어 가며 생각에 잠겼다가 이윽고 고개를 들었다.

"이를테면?"

"그렇게 물어보시면 저는 미슐랭 레스토랑에 가 본 적이 없어서요."

"응? 네 어머니 말로는 예전에 성진이 너 유럽에 갔을 때 가 봤다고 들었는데."

그건 맹점이군.

나는 어깨를 움츠렸다.

"너무 어릴 때여서 기억이 안 나나 봐요."

"지금도 어리지만 말이야."

이미라는 일부러 농을 던진 뒤, 말을 이었다.

"미슐랭 인증 레스토랑으로 채택된다고 하면, 두 가지 경우야. 하나는 역사와 전통이고 둘째는 셰프 본인의 창의성이 두각을 드러내는 경우지."

물론 그 전에 맛을 갖추는 건 기본이겠지만.

아무튼 고기도 먹어 본 사람이 더 잘 먹는다더니 관련해서 피상적인 지식뿐인 나와 달리 이미라는 보다 구체적인 비전을 떠올린 모양이었다.

"그러니 신화호텔이 지향해야 할 점은 셰프와 레스토랑의 재해석이 필요한 후자가 되겠구나. 다만……."

이미라가 가벼운 한숨을 내쉬었다.

"내가 아는 한식 요리사 중에는 그런 사람이 없어서 문제네. 사람을 구해 봐야 하려나."

거기서 나는 기다렸다는 듯 말했다.

"저희 오성환 셰프를 빌려드릴까요?"

"성환 씨?"

이미라도 오성환에 대해서는 잘 알고 있었다.

오성환은 이따금 신화호텔에 일손을 도우러 들락거리기도 했고, 특히 신화호텔 파인 다이닝 레스토랑의 셰프인 알랑이 호시탐탐 눈독을 들이는 인재였다.

'듣기로는 기회가 될 때마다 이미라에게 오성환을 달라고 성화라던가.'

잠시 오성환을 떠올린 이미라가 쓴웃음을 지었다.

"하지만 성환 씨는 서양 요리 전공 아니니?"

"……그렇기는 한데요."

솔직히 말하면 요리에 문외한인 내가 알고 있는 미슐랭 스타급 셰프가 오성환이어서 꺼낸 말이긴 하다만, 그렇게 차이가 큰가.

"아니……."

이미라가 눈을 가늘게 떴다.

"그게 좋을지도 모르겠구나. 오히려 서양 요리가 전공이니 보이는 것도 있을 거야."

"그런가요?"

"그래. 형식을 파괴하려면 선입견에 갇히지 않는 것도 중요하거든."

고민이 길지 않은 것도 이 집안 핏줄 특징이다.

"그러면 조만간 성환 씨에게 나 좀 보자고……. 아니, 그건 내가 직접 해야겠구나. 물론 성진이 네가 허락한다면 말이지만."

말이 조금 빨라진 걸 보니, 아마 지금 이미라의 머릿속에는 어렴풋한 비전이 좀 더 명확한 실루엣을 띠기 시작한 모양이었다.

"물론이에요, 당고모님. 오히려 오성환 셰프가 이번 일을 받아들일지가 걱정인데요."

"후후, 그건 걱정할 거 없단다. 성환 씨 같은 부류는 삼시 세끼 밥 먹는 것보다 요리하는 걸 더 좋아할 사람이거든."

그렇다고 하니 오성환을 어떻게 끌어들일지 고민할 걱정은 덜었군.

뭐, 나로서도 오성환이 신화호텔에서 채산성을 무시한 파인 다이닝 노하우와 한식 요리 기법을 익혀 오면 그것대로 좋은 일이고.

"음…… 그러면 나는 그사이 성진이가 지적한 촌스러운 인테리어부터 뜯어 고쳐 봐야겠구나."

일부러 들으란 듯 당시 내 표현을 그대로 인용하면서 이미라가 웃었다.

"자, 그럼."

이미라가 싱글벙글 웃는 얼굴로 말을 이었다.

"서론이 길었구나. 그래, 전화로 듣기는 했는데, 내게 건물을 팔았으면 한다지?"

이미라는 내가 해 준 조언이 그 정도 값어치는 충분히 된다는 듯, 당장이라도 그 집을 사들일 생각이 충만해 보였지만.

'이번 빚을 그 정도로 퉁 치면 내 쪽에서는 남 좋은 일만 시킬 뿐이지.'

현재 이미라의 입장을 알았으니, 이제는 그녀에게 '비즈니스'적으로 설득해 볼 단계였다.

2장

나는 이미라가 나와 조광 사이의 관계를 궁금해하는 걸 알고 있으면서도 우선 단도직입적으로 용건을 꺼냈다.

"네, 조성광 회장의 자택이 매물로 나올 예정이거든요. 당고모님께서 이걸 사 주셨으면 합니다."

이미라는 내가 둘러 말하는 일 없이 용건을 꺼낸 것에 눈을 동그랗게 떴다가 이내 미소를 지었다.

"흠, 조성광 회장이면 얼마 전에 돌아가신 조광 그룹 회장님 말이니?"

"네."

"그렇구나."

이미라는 잠시 생각에 잠겼다가 다시 입을 뗐다.

"나도 소문에 그 집이 훌륭하다고는 들었다만, 섣불리 결정할 일은 아닐 거 같구나."

이미라가 말을 이었다.

"뭐, 성진이 네가 정 바란다면 가족 입장에서 못 해 줄 건 아니지만 말이야."

방금 전 컨설팅으로 그녀에게 무형의 빚을 지워 두었으니 여기서 '가족 간의 정'에 호소해 이미라에게 저택을 구매하도록 할 수도 있겠지만, 그럴 필요는 없다.

"아뇨, 저는 가족이 아니라 신화호텔 법인에서 구매해 주셨으면 해요."

그 말에 이미라는 내 부탁이 개인적인 일이 아닌 것을 눈치채곤 입가에 드리운 미소를 살짝 거둬들였다.

"법인에서? 그렇다면 좀 더 자세한 이야기를 들어야겠는걸."

"알겠습니다. 당고모님, 혹시 최근 조광 그룹에서 벌어진 사건에 대해 알고 계신가요?"

이미라가 의자에 등을 붙였다.

"워낙 큰 사건이다 보니 신문에 난 정도로는. 그 외에는 남들도 다 알듯이 네가 말한 조성광 회장님의 저택이 유산 상속을 통해 그 집안의 조세화란 여자아이에게 돌아갔다는 것 정도일까?"

대답에 은근슬쩍 의뭉을 떨고 있었지만, 이미라가 가진 정

보는 그것뿐만은 아닐 것이다.

'그러면서도 얼추 핵심은 다 짚어 냈군.'

나는 여기서 솔직하게 시인했다.

"실은 제가 말씀하신 조세화와 교분이 있습니다."

"으음?"

아마 이미라도 내가 금일 그룹 행사장에 조세화를 에스코트 해 갔다는 소문을 들었겠지만, 이미라는 처음 듣는다는 듯 흥미로워하며 내 말을 받았다.

"그러고 보니 성진이 너와 비슷한 나이구나. 그래, 사귀는 사이니?"

"……친구 사이일 뿐이에요."

왠지 말하고 보니 밀회를 들킨 연예인이 하는 변명 같단 기분이 들긴 했지만.

"정말로?"

"실은 그것뿐은 아니지만요."

내 대답에 이미라는 '요 녀석 보게' 하는 얼굴로 싱글벙글 웃으며 나를 찔러 댔다.

"그래? 또 뭐가 있니?"

"예, 조세화와 동업을 하려 합니다."

젊은이(?)들 사이의 연애 놀음이 아니라는 것에 이미라의 눈에는 실망하는 빛이 어렸다가, '동업'이라는 말에서 그 눈은 진지한 기색으로 변했다.

"동업? 그 아이랑?"

"예. 원래는 세화의 부친이신 조설훈 사장님 때부터 기획하던 일이었어요."

나는 약간의 거짓말을 담아 고개를 저었다.

"하지만 조설훈 사장님께서 그렇게 되시고 나서부턴…… 상황이 많이 달라졌거든요."

이미라는 흥미로운 기분을 내색하지 않으려는지 무표정한 얼굴로 내 말을 받았다.

"그 집에 영 좋지 못한 일이 생겼다는 이야기는 나도 들었단다. 그래, 그 애는 괜찮고?"

"그럭저럭 괜찮아 보여요. 지금은 슬퍼할 시간도 없다고 하는 게 정확하겠지만요."

이미라는 잠시 생각하다가 고개를 끄덕였다.

"회사 지배 구조에 문제가 생긴 모양이구나."

분명 그녀도 예전부터 그러지 않을까 생각해 오던 것이겠지만, 이미라는 조세화에게 닥친 문제점을 곧바로 알아챘다.

"맞아요. 그래서 저도 그 바람에 세화와 동업하려던 사업 계획이 수포로 돌아가게 됐고요."

"흐음."

이미라는 손가락 끝으로 탁자를 톡톡 두드렸다.

새삼스러운 발견이긴 하지만 이휘철이나 이태석도 생각에 잠길 때면 손가락 끝으로 어딘가를 톡톡 두드리곤 하는 버릇

이 있어서, 나는 이미라가 이 집안 혈통이구나 하는 사실을 새삼 느꼈다.

'그러고 보니 이성진도 그랬던가.'

짧은 생각을 마친 이미라가 다시 입을 뗐다.

"내가 어떤 소문을 들었는데."

그렇게 운을 뗀 이미라가 나를 물끄러미 보았다.

"얼마 전 금일 그룹 행사장에서 네가 조세화란 여자아이와 동행했다는 소문이었단다. 혹시 그거랑 이번 일은 관련이 있는 거니?"

"예."

역시 예리하다.

"그 자리에 세화를 대동한 건 사람들이 세화가 저와 어울려 다니며 무언가 한다는 걸 알아봐 줬으면 해서였거든요."

"얘도 참."

이미라가 빙긋 웃었다.

"그런 의도였다면 성공했구나. 그 자리에 가지 않은 내게도 그런 소문이 들려왔을 정도니 말이야. 그럼, 이건 또 다른 소문인데…… 숙부님께서는 네 회사의 경영에도 개입하고 계시니?"

여담이지만 이미라를 비롯한 일가친척은 SJ컴퍼니의 경영 구도가 어떻게 되어 있는지 뻔히 알고 있었다.

그리고 이휘철이 '재미 삼아' 내게 회사 경영을 맡기고 있다는 것 역시도.

"그것 역시 그렇게 보이도록 하고 있을 뿐이에요. 저희끼리니까 하는 이야기지만 당고모님도 저희 할아버지 성격 잘 아시잖아요?"

이미라가 쓴웃음을 지었다.

"응, 숙부님께선 그러겠다고 하셨으면 고집을 꺾지 않으실 분이지."

다만 그 쓴웃음 속에서 안도의 기색을 읽은 건, 내 착각일까 아닐까.

'비록 공식적으로 은퇴를 했다지만 이휘철의 영향력은 아직도 그룹 전체에 남아 있는 모양이군.'

이미라가 말을 이었다.

"그래, 실상이 어떻건 간에 세상 사람들이 숙부님께서 네 회사에 관여하고 있는 듯 보고 있다면 그건 그것대로 사람들에게 영향을 끼칠 일이니까. 하지만 성진아."

이미라가 약간 날 선 어조로 내게 물었다.

"그렇게 되면 사람들은 네가 그룹 차원에서 조광과 연계할 계획이 있다고 생각하지 않겠니?"

그 말인 즉, 내 이익을 위해서 조광 그룹과 합자회사를 차리는 일에 삼광 그룹 전체를 끌어들이는 것이 가당키나 하냐는 의미였다.

그것도 고작해야 삼광전자의 '별 볼 일 없는' 자회사를 운

영하는 내 처지에.

그렇다고 내가 이미라의 은근한 위협에 굴할 만큼 느슨한 인생을 살아온 것은 아니었다.

"정확히는 조광 그룹이 아니라 '조세화'와 협력할 예정인 걸 알아주길 바라고 있지만요."

내가 조광 그룹과 조세화를 분리해서 전한 말에 이미라는 입매를 비틀었다.

이미라는 내 짧은 대답에서 현재 진행 중인 조광 그룹의 분열이 어느 정도인가 하는 것과 내가 조세화에게 온전한 지배권을 안겨 줄 생각이 없다는 것, 그리고 내가 그 일이 본인을 끌어들이고자 한다는 걸 단박에 눈치챘으리라.

"이제 남 일이 아닌 것 같으니까 좀 더 자세히 듣고 싶구나."

"예, 말씀드리겠습니다."

나는 이미라에게 꼬일 대로 꼬인 조광 그룹의 현재 상황을 설명했다.

조세화가 하루아침에 조성광 회장의 유일한 상속자가 되고 난 뒤, 법적으로 경영권을 행사할 수 없는 연령인 조세화를 두고 각 이사들이 신경전을 벌이고 있다는 것.

그리고 그중 조세화의 후견인이 되고자 자처하려는 인물 중 한 사람이 자신의 영향력을 발휘해 의장으로 선출되어 임시 주주총회를 개최하기까지 한 것이 현 상황에 대한 이야기까지.

이미라가 처음부터 어느 수준까지 내용을 파악하고 있었을지는 모르겠지만 그녀는 도중에 직원을 불러 차를 주문했을 뿐, 그 외에는 끼어드는 일 없이 직원이 내온 차를 마시며 내 이야기를 묵묵히 들었다.

"잘 들었다."

이미라가 찻잔을 내려놓았다.

"성진이 너도 꽤 복잡한 일에 발을 들여놓고 말았구나."

"저도 그렇게 생각해요."

"그러면 성진이 너는 조세화란 아이가 조광 그룹의 지배권을 행사할 수 있도록 도울 셈이니?"

이미라는 내 의중을 얼추 파악하고 있을 터이면서도 의뭉스레 물은 것이리라.

"그건 당장 현실적으로는 불가능하겠죠."

"그래? 너라면 왠지 숙부님께 부탁을 드려 보았을 거라고 생각했는데."

거기까지 내다보고 있었나.

나는 속으로 혀를 내둘렀다.

"솔직히 말씀드리면 세화와 함께 할아버지께서 CEO가 되어 주실 수 없겠냐고 여쭤보았어요."

이미라는 내 말을 흥미롭다는 듯 받았다.

"그랬구나. 하지만 숙부님께선 안 한다고 하셨지?"

"네."

“그도 그럴 거야. 아무리 숙부님이라 하더라도 조광 그룹의 CEO가 되는 건 득보다 실이 많은 일일 거거든.”

원래는 이번 합자회사 설립도 이휘철이 조세화의 CEO 영입 제안을 거절하면서 내놓은 대안책이었지만, 이미라의 해석은 또 달랐다.

“그런가요?”

“음, 성진이 너도 경영자니까 알아 두렴. 어떤 회사는 그 어떤 대단한 사람이 들어오더라도 영향력을 행사하지 못하는 경우가 많단다. 특히 조광 그룹처럼 무수한 자회사가 기둥을 떠받치고 있는 경우라면 더더욱 그럴 가능성이 높지.”

하긴, 그 점은 나도 조세화와 어울려 다니며 조광 그룹의 경영 구조를 보며 생각한 것이긴 했지만, 따지고 보면 신화 호텔 역시도 전국 각지의 호텔이 구조를 떠받치고 있는 경우이니 이미라의 말에서는 내가 피상적으로 떠올린 생각보다 더 설득력이 느껴졌다.

“그러니 숙부님이 조광 그룹의 CEO가 되셔 봐야 이사진이며 주주들의 반대에 밀려 아무것도 하지 못하는 허수아비 CEO가 되실 가능성이 크단다. 그러다가 조광 그룹이 경영 악화로 가치가 떨어지기라도 하면 그 책임은 고스란히 숙부님 본인이 지셔야 하는 일이고…….”

이미라가 어깨를 으쓱였다.

“물론 숙부님도 그렇게 호락호락하신 분은 아니지만, ‘어떤 수단'을 발휘해 팔다리를 쳐 내고 남은 조광 그룹에는 그만한 수고를 들일 가치가 없단 생각이셨겠지."

음, 아마 이휘철이면 내가 생각하지도 못할 잔혹한 방법으로 회사를 장악해 갔으리라.

'어디까지나 하고자 한다면, 이란 의미자만.'

이휘철이 그러지 않은 건 그 과정에서 삼광 그룹에 끼칠 영향을 고려한 것도 있으리라.

"어쨌건 숙부님께선 네가 조세화와 합자회사를 구상 중이란 것을 알고서 '이 일에 관여할 필요가 없겠다'고 생각하셨을 거야."

이미라가 '관여' 부분에 힘주어 말한 건, 이휘철이 보란 듯 내 회사를 방문해 당신이 회사 경영에 관여하고 있다는 걸 세간에 알린 걸 약간의 냉소를 담아 비꼰 것이다.

'흠, 합자회사 설립 의견에 대한 순서는 다르지만, 그렇게 볼 수도 있는 건가.'

그러며 이미라가 짓궂게 웃었다.

"물론 네가 조세화와 약혼을 하면 숙부님도 흔쾌히 CEO를 하셨겠지만."

"……놀리지 마세요. 저희 그런 사이 아니거든요."

"어디까지나 냉정하게 접근하면 그런 방법도 있다는 거란다. 그만큼 조광이라는 회사는 법인보다 개인에 얽매인 회사란 의미도 있고."

하긴, 내가 조세화와 혼인 관계로 엮인다면 이 일에 가장 단순한 해결책이 될 것이다.

정작 내게 그럴 의사가 없고, 조세화도 그럴 것이란 걸 제외한다면 말이지만.

"아무튼 간에."

이미라가 말을 이었다.

"성진이 네가 신화호텔 법인으로 그 저택을 사도록 권했다는 건, 내게도 네가 조세화와 만들 합자회사 설립에 참여하라는 의미니?"

"물론이에요. 저는 SJ컴퍼니의 사장이기도 하지만 S&S의 공동 대표이기도 하니까요. 그리고 식품 전반을 취급하는 S&S와 영역이 겹치지 않는다고는 하나, 이번에 세화와 함께 설립할 회사도 물류 유통 사업을 염두에 두고 있으니 당고모님도 알아 두셔야 하지 않겠어요?"

내 말에 이미라는 샐쭉한 얼굴이 됐다.

"그런 것치곤 상의가 늦었구나."

"죄송해요. 워낙 경황이 없었던 데다가……."

"아니야. 지금이라도 말했으니 됐다."

오해가 풀리기 전까지 조금 서운하긴 했어도 이미라는 내가 S&S를 염두에 두고 있었다는 것에 일단 만족한 듯했다.

어쨌건 S&S는 신화식품뿐만 아니라 혜림식품까지 지분이 있는 회사이다 보니, 그녀 입장에서는 내가 이 지분에 구애

받지 않는 독립된 회사를 차리는 것은 아닐까 걱정하고 있었을 테니까.

"그런데 성진이 너는 그걸 왜 '신화호텔 법인'에서 구매해야 하는가에 대한 대답은 아직 하지 않았구나. 거기에 어떤 상징성이 필요하다면 신화호텔이 아니라 S&S를 통해 사들여도 되지 않니? 물론 혜림식품 측과 이야기는 나눠 보아야겠지만 그쪽도 사정을 알면 반대하지는 않을 테고."

이미라는 조성광의 저택을 구매하는 일에 상징적인 의미가 있다는 걸 단박에 꿰뚫어 보았지만.

'그런 이미라도 왜 신화호텔에서 사들여야 하는지는 감이 오지 않는 모양이군.'

뭐, 이미라 정도면 조금만 머리를 굴려도 답을 찾아내겠지만, 바로 눈앞에 물어보면 술술 대답할 우호적인 꼬맹이가 있는데 괜히 신경 에너지를 낭비할 필요는 없을 것이다.

나는 빙긋 웃는 얼굴로 대답했다.

"저는 이 저택을 구매하는 일이 신화호텔 경영에 도움이 될 거라고 생각했거든요."

이미라는 솔깃한 반응을 보였다.

나는 마침 이미라가 '한국 전통'에 관심을 기울이고 있다는 점에 착안하여 그럴듯한 밑밥을 깔았고, 아니나 다를까 그녀는 저택을 인수하는 일이 호텔 경영에 도움이 된다는 내 말에 관심을 보였다.

"그 집을 매수하는 게 호텔 경영에 도움이 된다니, 무슨 말이니?"

"최근 이런저런 일로 그 집에 방문할 일이 몇 차례 있었거든요. 실은 오늘도 다녀왔고요."

나는 이미라에게 최대한 상세히 그 집의 모습을 전했다.

"……넓고 단정한 한옥이라."

"네, 조금만 개수하면 숙박 시설로 쓸 수도 있을 정도였어요."

조금 노골적이었나 생각했더니 이미라가 픽 웃었다.

"성진이가 내게 그 집을 팔기 위해 애쓰는구나. 그러면 성진이는 신화호텔에서 그 집을 민박으로 쓰면 좋겠단 생각이니?"

이 시대에는 아직 호스텔보단 민박이란 표현이 개념적으로 더 와닿는 듯했다.

"그럴지도 모르겠어요."

뭐, 그래도 본질은 내가 구상 중인 그것과 크게 다르지 않으리라.

"다만 저는 그 집을 VVIP에 한정해서 투숙 서비스를 제공하면 좋을 것 같다는 생각이지만요."

"VVIP전용이라?"

이미라는 그다지 내키지 않는단 표정이긴 했지만 어디 한 번 들어나 보자는 식으로 내 아이디어에 구체성을 요구했다.

"네. 어쩌면 지금 마침 당고모님께서 지향하고 계신 아이디어에도 적용할 수 있을 거 같단 생각이 들었거든요."

"……내 생각 말이니?"

이미라는 내가 그녀 스스로도 자각하지 못한 구상점에 대해 언급하자 조금 불편한 뉘앙스를 내비쳤지만, 사랑스러운 당질 앞이어서 그 감정을 내색하지 않으려는 기색이 엿보였다.

"네. 음…… 오늘 당고모님 생각을 들어 보니 당고모님께선 요즘 들어 부쩍 한국 전통 문화에 푹 빠지신 것 같아서요."

내 말에 이미라는 슬쩍 창밖으로 보이는 별채를 보며 쓴웃음을 지었다.

"네 눈에는 그렇게 보였나 보구나. 그래, 부정은 하지 않으마."

이미라가 실소를 머금은 채 말을 이었다.

"그러면 성진이는 우리 호텔에서 그 집을 사들여 일종의…… '전통 문화를 체험할 수 있는 숙박 서비스'를 제공할 수 있을 거라고 보는 거니?"

"그렇습니다. 그에 맞춰 음식 또한 아까 이야기한 공들인 창작 한식 요리가 아닌, 정갈한 요리로 맞춰서 대접해 드릴 수 있고요."

이미라는 예리하게 핵심을 파악했다.

"제법 흥미로운 아이디어구나."

그러나 이미라는 그 구상을 '흥미로워'할 뿐, 그 자체를 마음에 내켜 하지는 않는 눈치였다.

그도 그럴 것이 이 시대에는 이런 체험형 호스텔이 검증되기 전이었고, 그 대표 격인 '템플 스테이'라는 것도 독실한 불교 신자가 아니면 그런 것이 있다는 걸 인지하지도 못하고 있으므로.

그렇다고는 하나 '조성광의 저택'이라는 상징성이 가져오는 가치를 충분히 이해하고 있는 이미라는 시큰둥한 기분을 내색하지 않으려 하며 말을 이었다.

"그래, 시도해보는 것 자체는 나쁘지 않겠지. 다만 장소가 교외이니 공항에서 손님을 받는다고 가정하더라도 리무진 서비스 또한 겸해야 하겠고."

"주차장은 넓더라고요."

"녀석."

이미라가 웃으며 내 이마를 콕 찔렀다.

"알겠어. 하지만 그전에 내가 그 집에 직접 방문해서 알아보는 것이 먼저이겠구나. 음, 혹시 조세화란 아이도 알고 있는 이야기니?"

"실은 세화가 먼저 제안한 내용이에요."

이미라는 그 대목만이 흥미롭다는 듯 몸을 살짝 앞으로 기울였다.

"그 아이가?"

"네. 다만 그 애는 저택의 매수로 얻을 상징성보다는 관리

문제 때문에 매각을 떠올린 거지만요."

"하긴, 네 말을 들으면 위치상으로나 크기로나 딱……."

이미라는 말끝을 흐려 생략했지만, 아마 뒤에 이어질 말은 '조성광 회장 같은 일선에서 물러난 졸부나 살 법한 집'일 것이다.

나는 그걸 모른 체하며 이미라의 말을 받았다.

"게다가 할아버지와의 추억이 깃든 곳이니 이왕이면 아무에게나 팔기보단 저를 통하면 좋을 거라고 생각했나 봐요. 그래서인지는 몰라도 매수 시 조건이 몇 가지 있어요."

"조건?"

"네. 그 집에 기거하던 기존 고용인들의 고용을 유지하는 형태로 해 주시면 감사하겠습니다."

"흠, 그건 네 생각이니?"

"실은 세화가 내건 조건이에요."

"……그렇구나."

내 말에 이미라는 손가락으로 테이블을 톡톡 두드리다가 고개를 끄덕였다.

"그래. 원래 조광 그룹 회장님을 모시던 분들일 테니 어느 정도는 접객이 몸에 배어 있겠지. 물론 그 회장님 개인에 맞춘 형태였을 테니 우리 호텔에서 다시 교육을 받아야 한다는 걸 감안해 준다면야."

"세화도 그 정도는 당연하다고 생각해 줄 거예요."

"음."

이미라가 고개를 끄덕였다.

"그 집 고용인들까지 생각해 주고, 감성적이네."

"사촌기잖아요."

"성진이 네가 할 말은 아니지."

"그런가요?"

"그럼."

어째 상황적으론 방금 전 내 컨설팅의 빚도 갚을 겸 집을 구매할 의향이 있긴 해 보였지만, 정작 이미라에겐 그 집의 가치가 여전히 와닿지 않는 모양이었다.

'좋아, 조금 서비스를 해 줄까.'

나는 빙긋 웃으며 이미라를 보았다.

"솔직히 별로 내키지 않으신 거 같은데요."

"잘 봤구나."

이미라는 시늉으로도 부정하지 않았다.

"다른 사람도 아닌 네 부탁이니 구매를 고려하고는 있지만 이 저택 구매에 이사회를 설득하려니 생각이 많아졌거든."

뭐래, 이사회를 장악하고 있으면서.

그런 이미라의 말은 조세화가 들으면 헛웃음을 터뜨릴 발언이었다.

"그러면 당고모님, 사전 테스트 한번 해 보시겠어요?"

"테스트?"

"네. 저희 협력 회사 중에 외주 방송을 제작하는 회사가 있잖아요?"

이미라는 내가 하고자 하는 의도를 단박에 알아챘다.

"혹시 먼나라 이웃사촌 말이니?"

"예, 바로 그거예요."

이미라도 S&S 관계자이니, S&S 브랜드를 달고 있는 시저스와 관련된 일화도 잘 알고 있었다.

시저스는 개장 초창기, 통통 프로덕션이 제작한 방송인 '먼나라 이웃사촌'을 통해 이탈리아인을 섭외, 그들로 하여금 시저스를 방문하게 하여 톡톡한 홍보 효과를 누린 바 있다.

이번엔 그걸 확장해서 '조성광 저택'에 한옥 체험 방송을 해 본다면, 이미라도 외국인들의 반응을 보고서 생각을 달리하게 되지 않을까.

"게다가 때마침 이제 막 다른 외국인들을 섭외했다는 보고서를 읽은 적이 있거든요."

이미라는 잠시 생각하다가 고개를 끄덕였다.

"여건이 허락한다면 한 번쯤 해 보는 것도 나쁘지는 않겠구나."

"그렇죠?"

그 자체는 이미라 입장에서도 손해 보는 장사는 아니다.

아니 오히려 아직 저택을 매수하기 전인 데다가, 그 활용도에 대한 비전이 명확하지 않은 상황이니 이미라 입장에서는 내가 '굳이 할 필요가 없는' 일을 자처해 준다는데 구태여 말릴 이유도 없다.

"다만…… 방송이 나가고 난 뒤엔 값이 오를지도 몰라요."

"후후, 그게 걱정이니? 꽤 자신만만하구나."

"그럼요. 그런 자신이 없으면 당고모님께 매물을 권하지도 않았을 거예요."

나도 솔직한 심경으로는 '그게 이 시대에도 잘 먹힐까' 하는 걱정이 있긴 했지만, 지금 이 순간만큼은 허세를 부리기로 했다.

"그야말로 '배부른 고민'이라고 해 주고 싶지만……. 네 말대로라면 나도 이사회를 설득할 자료가 더 생기는 일이니 기회비용 측면에서 나쁘지 않지. 어디 해 보려무나."

하기야, 이미라는 지금 당질과 식당 하나를 전세 내며 이야기를 나누고는 있지만 사실 시간이 돈인 사람이니까.

'어쨌거나 이쪽은 전예은에게 맡겨야겠군.'

뭐, 나중에는 현재 기획 중인 프로그램인 1박 2일에도 써먹어 줄 수 있을 테니 내게도 여러모로 나쁘지 않다.

'복불복 미션으로 호화 호스텔 투숙을 걸면…….'

그렇게 잠시 생각에 잠겼더니 이미라가 미소 띤 얼굴로 툭 말을 던졌다.

"그러면 쇠뿔도 단 김에 빼 보자꾸나. 조세화란 아이랑 지금 통화 가능하니?"

"네? 아, 전화해 볼까요?"

나는 이미라가 고개를 끄덕이는 걸 보곤 양해를 구한 뒤, 조금 떨어진 곳까지 자리를 피해 조세화에게 전화를 걸었다.

—여보세요?

조세화는 사무적인 어조로 전화를 받았지만.

"나야. 통화 가능해?"

—아, 성진이구나.

상대가 나라는 걸 알고 나니 목소리가 밝아졌다.

—무슨 일이야?

"응, 네가 말한 집 매물 건을 알아봤거든. 그 일에 진척이 있어서."

—벌써? 아니다, 너야 집에 가면 바로 할아버님을 뵐 수 있으니까……. 그래서 뭐라고 하셨니?

"좋은 소식이랑 나쁜 소식이 있는데 뭐부터 들을래?"

수화기 너머 조세화는 잠시 망설이다가 대답했다.

—나쁜 소식부터.

"나쁜 소식이라……. 일단 우리 할아버지께서는 집을 살 의향이 없으시대."

내 말에 조세화는 뜸을 들였다가 한숨을 내쉬었다.

—그래. 솔직히 말하면 나도 큰 기대는 하지 않았어. 이 정도 되는 집을 사는 게 쉽게 결정할 문제는 아니니까. ……그러면 좋은 소식은 뭐니?

"응, 신화호텔에서 구매 의향을 비쳤어."

—……신화호텔?

직접 보지 않고도 조세화의 어리둥절해하는 얼굴이 눈에 선했다.

—신화호텔이면 너희 그룹의……. 그런데 신화호텔 측에서 그랬다는 건 법인을 통한다는 의미니?

"맞아. 솔직히 그게 어떻게 된 일이냐면……."

나는 조세화에게 이휘철이 저택 구매를 거절한 이유와 내가 그의 조언 아닌 조언에서 단서를 얻어 지금은 신화호텔 대표를 만나고 있다는 걸 전했다.

—너도 참 행동력 하나는 알아줘야겠네.

"욕이야?"

—……칭찬이야.

마주보고 이야기했다면 조세화의 이런 솔직한 반응은 나오지 않았을 거 같다.

—정말, 그렇게까지 해 주지 않아도 되는데. 고마워, 성진아.

"뭘, 나도 필요해서 하는 일인데……. 그대신 조건이 있어."

—조건? 혹시 저택 고용인들 문제니?

"그 문제는 걱정할 거 없어. 그전에 호텔에서 서비스 교육을 받아야 할 거라는 전제가 붙긴 하지만."

—으음, 그 정도야 뭐……. 그러면 그거 말고 신화호텔 측에서 내건 조건이 뭐니?

정확히는 신화호텔이 아니라 내가 이미라에게 제안한 거

지만.

"방송에 저택을 내보낼 거야."

—바, 방송?

조세화에게서는 당황한 기색이 역력했다.

—방송이라니, 무슨 말이야?

"그게 말이지."

나는 조세화에게 통통프로덕션 측이 외주 제작하여 내보내는 〈먼나라 이웃사촌〉 프로그램에 대해 설명했다.

—아, 그거?

조세화가 속한 연령대를 노리고 만든 프로그램은 아니었는데, 의외로 그녀도 알고 있었다.

—설마 그 방송, 너희 회사 거였어?

"정확히는 제작사가 우리 회사랑 협력 업체인 거지만."

—그랬구나…….

다만, 조세화는 놀라기는 했으나 어째 내키지 않는 기색이었다. 아무래도 추억이 서린 집을 누군지도 모르는 사람들이 우르르 몰려가 구둣발로 드나들고 심지어 돈벌이 수단으로 삼으려 한다는 것이 언짢기라도 한 것일까.

'그런 감상적인 기분을 따질 때가 아닌데.'

아직 어려서 그런 거겠지만, 여기서 조세화 본인이 반대하고 나선다면 조세화도 거기까지인 거지.

한참 만에 조세화가 말을 이었다.

─……그러면 혹시 나도 방송에 나가?

뭐야, 그게 걱정이었냐.

"아니, 그럴 일 없어. 네가 뭐 하러?"

─휴우, 다행이다.

그러면서 그 한숨 속에 왠지 모를 아쉬움이 조금 묻어난 것 같다는 건, 착각이겠지.

─알겠어. 그러면 일정이 조율되는 대로 연락해 줘. 집은 깨끗이 비워 둘 테니까.

"응. 나도 그쪽이랑 이야기를 해 봐야 하니까 일단은 그렇게만 알아 둬. 일정이 잡히는 대로 연락할게."

그렇게 통화를 마치려는데 저 멀리, 내가 통화하는 걸 지켜보고 있던 이미라가 손짓으로 나를 불렀다.

……이거 참.

나는 떨떠름한 표정을 감추며 얼른 조세화에게 말을 건넸다.

"……음, 세화야."

─왜?

"왠지 너, 지금 신화호텔 대표님이랑 통화해야 할 거 같은데, 괜찮을까?"

수화기 너머 조세화가 헛숨을 들이켰다.

─지, 지금?

"응, 지금."

—……알았어.

나는 이미라에게 걸어가 공손히 핸드폰을 건넸고, 내게서 핸드폰을 건네받은 이미라는 우아하게 전화를 받았다.

"여보세요? 세화 양인가요. ……네, 저는 신화호텔 대표 이미라라고 해요."

이미라는 나를 힐끗 쳐다본 뒤 전화기에 대고 말을 이었다.

"그래요, 저도 반가워요. 세화 양, 요즘 성진이랑 무언가 사업을 구상 중이라죠? ……네. 그랬군요. 아뇨, 그렇게 자세히는 들을 필요 없고."

이미라가 대체 무슨 바람이 불어 조세화와 통화를 하는지 모르겠지만, 나로선 이미라의 대답에서 내용을 추론하는 것 외엔 둘의 통화가 어떻게 흘러가는지 알 도리가 없었다.

'이거 참, 스피커 폰 기능을 하루빨리 탑재해야겠군.'

하다못해 통화 녹음 기능이라도.

뭐, 이 시대 하드웨어 수준으로 녹취는 힘들겠지만.

"물류 유통 회사라. 그때 경영상의 지분은……. 아하, 흐음. 그래요, 유학을 간다고요. 그러면 경영 전반은 성진이에게 일임하고? ……그렇군요. 그래서 이번에 집을……. 성진이랑은 예전부터 친하게 지냈나요? ……후후, 맞아요. 성진이가 또래랑 다른 점은 분명히 있죠."

이미라는 이후로도 한동안 조세화와 통화를 이어 갔는데,

어째 가면 갈수록 '비즈니스'와는 거리가 멀어지는 것만 같은 느낌이 스멀스멀 풍겼다.

"……좋아요, 그럼 내일이라도 찾아가죠. 아니, 세화 양이 찾아올 필요는 없어요. 겸사겸사 매물로 내놓은 집을 확인할 겸해서 방문하는 거니까요. 아뇨, 위치는 제가 알아보죠. 통화 즐거웠어요. 그러면 성진이 바꿔 줄게요."

그리고 이미라는 빙긋 웃으며 내게 전화기를 건넸다.

"받으렴."

"아, 네."

나는 이미라가 돌려준 내 핸드폰을 귀에 가져갔다.

"여보세요."

-아, 응. 성진아.

"용건 끝났으면 먼저 끊을게. 더 없지?"

아무리 나라도 이미라 코앞에서 조세화에게 전화로 무슨 이야기를 주고받았는지 물을 만큼 염치가 없지는 않고.

-응, 없어.

"좋아, 이만 끊는다."

-……응.

나는 전화를 끊고 이미라를 보았다.

"통화 마쳤습니다."

"그래."

이미라가 차를 한 모금 마셨다.

"갑작스러운 통화여서 그런지, 애가 바짝 긴장한 티가 나더구나."

그건 뭐라고 할까.

'상대가 그쪽이어서 그런 건 아니고?'

나야 전생의 경험을 합쳐 이제는 꽤 익숙해졌다지만, 이미라를 비롯한 이성진의 일가친척들은 죄다 어딘지 모르게 사람을 위압하는 카리스마 같은 것이 있었다.

깡패들 사이에서 자라 온 만큼 조세화도 또래보다 강심장인 편이긴 하나, 이 집안 핏줄이 내뿜는 위압감이란 그 어떤, 깡패들에게서 느끼는 위압감과는 궤가 다른 느낌이 있었으니까.

"아무튼 성진이 너도 옆에서 들었으니 알겠지만 내일은 그 집에 가 보도록 하마."

"저도 동행할까요?"

"얘는. 너는 그 시간에 학교 가야지. 아무리 너라도 학교는 잘 다녀야 한단다."

"네."

"뭐, 전교 1등을 놓친 적이 없다니 내가 걱정할 일은 아니겠지만."

이미라는 의식적으로 손목시계를 힐끗 보았다.

"본의 아니게 꽤 오랫동안 붙들고 말았구나."

아직 더위가 아주 가시진 않았지만, 이제는 해가 짧아지는 것이 서서히 체감되는 시기였다.

그사이 창밖은 어느덧 해가 떨어져 밤이 찾아오려 하고 있었고, 리모델링 중인 식당에도 어느새 자연스럽게 조명이 들어와 창문에 내 얼굴이 비칠 정도의 대조를 이루기 시작했다.

"아닙니다, 당고모님. 바쁜데 시간 내 주셔서 감사했습니다."

"후후, 너만 하겠니? 게다가 업무상 용건으로 찾아온 거고……. 업무 외적으로도 종종 놀러 오려무나."

"네, 당고모님."

빈말이겠지만 나는 공손하게 대답했다.

"그러고 보니까 저번에 우리 호텔 바리스타 빌려간 일은 어떻게, 잘 해결했니?"

"네, 제 갑작스러운 부탁을 들어주셔서 감사했습니다."

"신경 쓸 거 없다. 나도 그 덕에 여종범 전 검찰총장님 쪽과 다리를 놓았으니까. 그분도 참, 커피 사랑이 남다르시더구나."

아, 맞아. 그러고 보니 그 커피 중독자 경찰이 실은 전 검찰총장의 아드님이셨지.

'이미라도 여진환 경찰의 그 정도 신상 조사는 마쳤다는 건가.'

그보단…….

음, 일단 모른 척해 볼까.

"여종범 전 검찰총장님요?"

"그래. 그도 그럴 것이……. 설마 모르고 한 일이었니?"

나는 조심스럽게 고개를 끄덕였다.

"네. 저는 그냥 알고 지내는 경찰 누나가 커피를 좋아하는 형을 소개해 주고 싶다고 해서……."

"알고 지내는 경찰?"

"네, 실은요."

나는 여진환과 만남을 알선한 강하윤의 상사가 정진건이며, 그가 내 학급 친구의 부친임을 그녀에게 밝혔다.

"그거 참 인연이구나."

이미라는 꽤 흥미로워했다.

"그러면 성진이는 그때 본 경찰이 여종범 전 검찰총장님 댁 자제분인 걸 모르고 있었니?"

"당고모님 말씀을 듣기 전까지는 전혀 몰랐어요."

거짓말이지만.

"흐음, 그래. 나는 성진이 네가 인맥을 쌓아 두려 그런 줄 알았더니."

나는 여진환이 실은 상류층 자식이라는 것을 알고 있었지만 그 정보를 어떻게 써먹으면 좋을지 몰라 가만히 내버려 두고 있었는데, 이미라는 그 관계로 이미 어떤 기반을 다져 놓은 듯했다.

"그래도 그 사람 역시 너에게 일부러 숨기려 한 건 아닐 테니, 너도 모른 척해 주렴."

"네, 그러겠습니다."

하지만 그것뿐, 이미라는 그에 관해 더 말하지 않고 화제를 전환했다.

"또 이야기가 길어질 뻔했네. 그보다 올 때 택시를 타고 온 모양이더구나."

그건 또 어떻게 알았대.

"호텔 리무진 불러 줄 테니까 그거 타고 가거라."

"그냥 택시만 불러 주셔도 되는데요."

"얘도 참."

이미라가 고개를 저었다.

"이럴 때는 그냥 '감사합니다' 하고 인사하면 되는 거란다."

"……감사합니다."

"그래."

이미라는 만족한 듯한 얼굴로 자리에서 일어섰다.

"그러면 이만 일어나자꾸나. 우리 두 사람 때문에 불을 켜 놓는 것도 에너지 낭비니까."

"네, 당고모님."

아무래도 전예은과 통화하는 건 차에서 해야겠군.

이성진을 배웅해 주고 난 뒤, 이미라는 입가에 드리운 미소를 거두며 쓴웃음을 지었다.

'정말이지, 태석이가 부럽네.'

저 애가 내 아들이었다면.

이미라는 순간적으로 떠오른 생각을 지우려 얼른 고개를 저었다.

난임으로 슬하에 자식이 없던 이미라는 저처럼 영특하고 재능 있는 소년을 볼 때면 자신이 가지지 못한 것에 대한 질투심이 생기려는 걸 억누르느라 애써야만 했다.

'오늘만 하더라도 주제도 모르고 모친 행세를 할 뻔했고.'

이미라가 조세화와 통화를 한 건 어디까지나 변덕에 불과했다.

짧은 통화였지만 조세화란 아이가 이성진을 어떻게 생각하는지, 그리고 그 근본이 나쁜 아이가 아니라는 것쯤은 이미라도 단박에 알아보았다.

아니, 그런 판단에 이른 건 이성진과 조세화에 대한 소문이 돌 때부터 그녀가 자의적으로 조사해 온 자료를 종합한 결과이기도 했다.

'그래도 어쨌건 성진이가 내 사업을 물려받을 일은 없겠지.'

그도 그럴 것이 이성진은 차기 삼광 그룹 전체를 총괄해야 할 테니까.

그녀의 숙부(이휘철)가 주위의 만류에도 아랑곳하지 않고 벌써부터 이성진에게 회사 경영을 맡긴 것 또한 그 제왕학의 일환인 것이다.

'성진이의 동생들이 그 재능의 반이라도 닮아 준다면…….'

쓸데없는 생각을 했다.

이미라는 잡생각에 빠지고 만 자신을 채찍질하며 냉정한 생각에 잠겼다.

'어쨌거나 성진이가 의도한 건 아니라 하더라도 여종범 전 총장과 다리를 놓을 수 있었던 건 좋은 계기였어.'

이성진에게서 모처럼 연락이 와 호텔 바리스타를 빌려달라고 했을 땐 무슨 의미인가 싶었다.

이미라는 거기서 이성진이 만난 경찰이 실은 여종범의 막내아들이란 것을 알고 난 후, 그녀가 쌓아 올린 사교계 인맥을 통해 여종범과 접촉할 수 있었다.

여종범은 뒤늦게 헛바람이 든 인물로, 그는 장래 여당에서 한자리를 받아 국회의원직에 도전하고자 하는 인물이었다.

그래도 여종범 정도면 임기 중 사고를 친 것도 아니고, 평판도 괜찮았으니 줄을 대 놓아도 나쁠 것 없는 인물이었다.

이미라는 이번에 자서전을 내려 한다는 여종범의 자랑을 들으며, 그가 책을 출간한 뒤 행사 때 호텔 홀 하나를 통째로 빌려주겠다는 이야기도 마쳐 둔 차였다.

'그나저나 이번 일이 이렇게 이어지다니.'

조세화의 승계 과정에 잡음이 많다는 이야기는 줄곧 들려

오던 차였지만, 이제 와 새삼 조광 그룹을 건드려 보고자 하는 인물은 없었다.

그도 그럴 것이 이 수상쩍은 죽음들에 관해선 여러 이야기가 나왔고, 거기에는 경찰 측의 아킬레스건도 있다는 소문이 나돌았으므로.

'이 시기의 정부에서는 여론을 의식하지 않을 수 없지.'

박상대에서 시작해 조설훈의 죽음까지 이어진 이 스캔들은 열어선 안 될 판도라의 상자나 다름없는 것이었다.

하지만 또 소문에 의하면, 조광을 들이받으려 하는 돈키호테들이 있다는 듯했다.

그것이 이번에 새로 부임한 박강철 검사와 그 휘하 중 하나인 여진환이란 청년이라고, 박강철 검사와 동기인 자신의 둘째 아들이 전한 이야기를 여종범은 '비밀이오' 하며 자랑스레 떠들어 댔다.

여종범은 일단 막내아들인 여진환이 하려는 일을 방관하려는 모양이었지만, '그래도 젊을 적 나를 가장 많이 닮았다'며 막내아들 사랑이 남다른 여종범이니, 조금만 자극을 주면 여진환이 하려는 일에 도움을 줄 수도 있을 것이다.

'이를테면 그 인맥을 통해 무언가, 관련 영장 발부에 도움을 줄 수도 있겠지.'

게다가 이성진이 하려는 이 일은 그가 전혀 의도하지 않았던 일이었다.

'그리고 그게 돌고 돌아 조세화의 승계로 이어질 것 같군.'

책상 서랍을 열어 여종범의 전화번호를 찾던 이미라는 문득 생각난 말에 멈칫했다.

「그 애는 이제 용이 됐어.」

언젠가 그녀의 큰 오라버니인 이태준의 말이었다.

평소처럼 다짜고짜 찾아와 차 한 잔을 청한 이태준은 이성진에 대해 그렇게 평했다.

「천명은 거스르기 힘들지.」

「갑자기 무슨 소리예요?」

「미라 너도 기회가 되면 한번 찬찬히 살펴보려무나. 내가 무슨 말을 하는 건지 잘 알게 될 거야.」

과연, 이태준의 말 대로였다.

이휘철의 생일날 호텔에서 다시 본 이성진은 예전의 철부지 같던 모습은 오간 데 없이 사람이 변한 것처럼 보였으니까.

그는 세간에—심지어 그 피붙이들에게도—기인으로 알려진 인물이었지만, 기인이라고 해서 야망이 없다는 의미는 아니다.

이휘철 또한 그런 이태준의 본성을 모르지 않아서 그를 한

직에 박아 두고 그 행적을 예의 주시하고 있었던 것인데.

그러던 이태준이 모든 걸 내려놓고 이휘철에게 바짝 엎드리고 만 것은 어느 날 이성진을 만나고 난 뒤부터였다.

심지어 이휘철이 반쯤 죽다 살아난 뒤부터는 이태준도 자신이 하려던 일을 내려놓고 아들에게 모든 일을 일임하기까지 했다.

뭐, 어차피 이휘철이 깨어나 '그런 식'으로 승계의 명분을 던져 주고 난 뒤 은퇴했으니 이미라를 비롯한 이태준, 이태환 삼남매가 새삼 반기를 들 까닭이 사라지기도 했고.

'다만 그 오라버니니까 뒤에서 무슨 생각을 하는지는 알 수 없지…….'

결국 팔은 안으로 굽는 법이라고, 이태준의 수상쩍은 행적을 이미라도 남에게 알릴 생각은 들지 않았다.

어쨌거나 어릴 적, 엄격한 이휘철 아래서 더부살이하던 시절 자신에게 살갑게 대해 주던 큰 오라버니 이태준의 모습을 그녀는 잊지 않은 것이다.

'나도 참 무슨 쓸데없는 생각을.'

이미라는 쓴웃음을 지으며 고개를 저은 뒤, 수화기를 들고 여종범의 집 전화번호를 눌렀다.

몇 차례 신호가 간 뒤.

"여보세요? 사모님, 안녕하셨어요. 저예요, 미라. 네, 별일 없으셨죠?"

이미라는 미소 띤 얼굴로 말을 이었다.
"실은 다름이 아니라……."

어릴 땐 호텔에서 내주는 리무진이라고 하면 어디 영화에서 보던 것처럼 버스처럼 길쭉한 차를 타게 되는 줄 알았다.

하지만 머리가 조금 굵어지고 난 뒤부터 그런 기대감은 일찌감치 접었다.

'개인적으론 아직도 길쭉한 리무진에 대한 로망이 조금 있긴 하지만.'

신화호텔에서 제공하는 리무진 서비스는 어디에서나 흔하게(?) 볼 수 있는 고급스러운 세단 차량이어서, 내가 이진영에게 선물받은 차량과 크게 다를 것 없었다.

나는 고급 세단의 가죽 시트에 등을 기댄 채 창밖을 바라보았다.

'왠지 모르게 성공한 인생의 메타포를 체험하는 느낌이긴 하군.'

세단의 뒷좌석에 앉아 서울의 야경을 보며 퇴근하는 나는 차가운 도시의 남자. 하지만 내 여자에게만은 따뜻하겠지…….

아니, 폼이나 잡고 있을 때가 아니다.

'따지고 보면 평소 일과다 보니 새삼스럽기도 하고.'

남의 차를 얻어 타고 가는 일이어서 그런지 괜한 감상에 젖고 말았다.

‘(법인이기는 하지만)내 차도 고급스럽기로 따지면 이 리무진 못지않으니까.’

그나저나 요즘 강이찬이 보고가 뜸한데, 별일 생긴 건 아니겠지.

잡생각을 마친 나는 운전기사에게 말을 건넸다.

“실례합니다. 잠시 전화 통화 좀 해도 될까요?”

“예, 그러시죠. 뒷좌석에 카폰이 비치되어 있습니다.”

운전기사는 그렇게 말하곤 ‘실례하겠습니다. 하고 말하며 앞좌석과 뒷좌석 사이에 유리창을 올려 사생활까지 보장해 주었다.

‘이러니 신화호텔이 국내 1위를 넘어 글로벌을 넘볼 수 있는 거겠지.’

고객 서비스가 약점인 삼광전자에서도 신화호텔의 이런 섬세한 면모를 본받아 주었으면 싶다.

SJ컴퍼니도 남 말할 처지가 아니라고? 우리 회사는 일반 소매 고객 대응을 할 일이 없는 아웃소싱 전문 회사이니까 상관없다.

‘언젠가는 하게 될지도 모르지만.’

어쨌건 나는 신화호텔이 가진 역량의 한 단면을 느끼며, 모처럼 뒷좌석의 카폰 수화기를 들어 전화를 걸었다.

몇 차례 신호가 가고 전예은이 전화를 받았다.

–예, SJ컴퍼니 사장실입니다. 무엇을 도와드릴까요?

어라, 아직 퇴근 안 한 건가.

"여보세요, 예은 씨. 이성진입니다."

–아, 네. 사장님. 안녕하세요.

"아직 퇴근 안 하셨습니까?"

–……네, 조금 알아볼 게 있어서요.

직원이 퇴근을 미뤄 가며 일에 매진하는 모습은 고용주로서 왠지 모를 뿌듯함을 느끼게 만든다.

"그래요? 혹시 제가 지금 알아 두어야 할 사안입니까?"

–아, 아뇨.

전예은은 왠지 당황하며 부정하더니 잠시 뜸을 들인 뒤에 말을 이었다.

–저, 사장님. 혹시 업무 보고가 필요하시면 지금 구두로 말씀드릴까요?

"아뇨. 급한 일이었으면 예은 씨가 제게 전화를 주셨겠죠. 그 부분은 내일 보고서로 받겠습니다."

–네…….

"그보다 마침 예은 씨에게 맡길 일이 있는데요."

–제게요?

"예. 통통 프로덕션에서 제작 중인 〈먼나라 이웃사촌〉 방송 건입니다. 혹시 최신 방송 구성 일정이 정해졌나 하고요."

–아……. 네. 잠시만 기다려 주세요.

전예은은 잠시 자리를 비우곤 다시 말을 이었다.

–여보세요, 사장님?

"예, 듣고 있습니다."

–네, 알아보니 섭외 및 비자 발급을 마친 상황이라고 합니다. 다만 아직 장소 섭외 선정 논의 중이라고 해요. 혹시 생각해 두신 장소가 있으신가요?

착 하면 척이군.

전예은은 내가 굳이 말하지 않아도 그녀에게 방송 구성에 대해 달리 물은 의도가 있다는 걸 잘도 알아채 주었다.

'어쨌거나 그렇단 말이지? 마침 잘됐어.'

어차피 장소가 정해졌다고 해도 취소하면 그만이기는 하지만, 괜한 절차를 밟을 필요가 없게 되었으니까.

나는 굳이 그럴 필요가 없음에도 고개를 끄덕였다.

"그런 셈이죠. 그러면……. 체류 기간이 어느 정도죠?"

–방송상으로는 2박 3일 분량입니다만, 그 외에 별도로 추가 체류를 한다고 해요.

"흠, 꽤 까다로운 손님인가 보군요."

–죄송합니다. 사장님. 저도 출연자 정보까진 잘 몰라서……. 한국 방문이 이번이 처음이 아니라고는 들었습니다만, 출연자에 대한 자세한 건 알아보고 연락드리겠습니다.

"아뇨, 됐습니다. 까다롭다니 잘됐군요. 이번엔 제가 아는 사람에게 부탁해서 특별히 민박 형태로 잡아 볼까 하거든요."

–민박 말씀인가요?

수화기 너머로도 전예은의 어리둥절해하는 얼굴이 눈에 선했다.

"예. 통통 프로덕션 측에는 2박 3일간 체류는 물론이거니와 그 집에서 하루 석식 및 조식 제공까지 해 드릴 수 있다고 전해 주세요. 가능하겠습니까?"

전예은은 갑작스런 업무 지시에 당황한 기색이 역력했다.

–아……. 음. 예. 그러면…… 통통 프로덕션 측에 한번 문의드려 보겠습니다. 저, 사장님. 그러면 혹시 장소가 어떻게 되나요? 서울 인근이면 좋겠습니다만.

나는 기다렸다는 듯 답했다.

"작고하신 조성광 회장 저택입니다."

–……네?

예상대로 전예은은 화들짝 놀랐다.

"조광 그룹의 조성광 회장 저택요. 서울에서 조금 멀긴 하지만 가까우니까, 괜찮겠죠?"

–……일단 문의는 드려 보겠습니다.

내게 묻고 싶은 건 많은 듯했지만 전예은은 자신이 판단할 문제가 아니라고 생각한 모양이었다.

"알겠습니다. 제 용건은 여기까지고……. 혹시 개인적으로 보고할 내용은 없습니까?"

—……네.

왠지 있는 거 같은데.

그래도 내가 뭐라고 사춘기 소녀의 개인적인 고민 상담을 해 주겠나 싶어 더 캐묻지 않고 관뒀다.

"알겠습니다. 그러면 내일 별다른 일이 없거든 회사에서 뵙죠. 예은 씨도 얼른 퇴근하세요."

—……네, 사장님.

"이만 끊겠습니다."

나는 전화를 끊은 뒤, 가죽 시트에 등을 붙였다.

'일단 한 건 했고……. 남은 건 통통 프로덕션 측이 동의해 줘야 할 일인데.'

뭐, 이쪽이 갑의 입장이니 통통 프로덕션 측에서 내 제안을 거절하기 힘들 거란 생각은 들지만.

'이 정도면 됐나.'

심지어 신화호텔 한식당 리뉴얼로 오성환을 설득하는 건 이미라가 하겠다고 했으니, 나로선 당장 할 일이 없게 되었다.

그렇게 잠시 야경을 감상하고 있으려니, 핸드폰이 울렸다.

"여보세요."

—사장님? 통통 프로덕션 박승환 전무입니다.

박승환이라.

이거, 오랜만이군.

'그나저나 즉각 미끼를 물어 주었어.'

나는 빙긋 웃으며 인사했다.

"네, 박 전무님. 오랜만입니다. 그간 별고 없으셨지요?"

-……덕분에요. 그런데 방금 전 비서에게 들으니 이번 〈먼나라 이웃사촌〉 촬영 장소를 제공해 주신다고요.

조심스럽고 신중한 태도이긴 했지만, 곧장 전화를 걸어 온 걸 보면 그쪽 입장에선 꽤 날벼락이려나.

"예. 마침 좋은 기회다 싶어서요. 혹시 괜한 참견이었습니까?"

-그렇다고 하기보다는……. 사장님의 제안이 조금 갑작스러워서요. 제가 잘못 들은 게 아니라면, 이번 민박 제공 장소가 그 조광 그룹의 조성광 회장님 자택이 맞습니까?

"예, 정확합니다."

-……으음.

수화기 너머 박승환은 침음을 삼켰다.

"걱정하실 거 없습니다. 촬영 당일엔 집 주인도 집을 비워 주기로 했고, 너무 어지럽히지만 않으면 괜찮으니까요. 제공될 식사 또한 신화호텔 측에서 도움을 주기로 했습니다."

-신화호텔에서 말씀입니까…….

이미 방송으로 시저스 홍보 효과를 톡톡히 누린 바이니 조금(?) 사적인 목적으로 쓰는 것에 윤리 의식을 들먹일 사람은 아니었다.

오히려 이쪽에서 숙박 장소에 식사까지 제공하기로 했으면 통통 프로덕션 입장에선 제작비를 굳힐 수 있으니 더 좋은 거 아니겠는가.

"저도 몇 번 가 보았습니다만 넓고 깨끗한 게 화면도 잘 받을 거 같더군요. 아니면, 혹시 이번 섭외 게스트가 조금 까다로운 분입니까?"

—실은 그렇습니다.

나는 반쯤 농담 삼아 던진 말이었는데, 박승환이 긍정하고 말았다.

—SJ컴퍼니 측에는 나중에 보고를 드리려 했습니다만, 이번에는 홍콩에서 배우 분을 모시기로 했거든요.

"홍콩에서요?"

—예. ……장여옥이라고. 혹시 아십니까?

알다마다.

그 말에는 나도 놀라고 말았다.

"장여옥이라고요?"

지금은 이 시대 기준으로도 조금 한물 간 취급을 받고 있지만, 90년대 초중반만 하더라도 한국에서 홍콩 영화 시장은 할리우드 못지않은, 아니 어떤 의미에서는 그를 능가하는 영향력을 과시했다.

그 인기가 오죽했으면 홍콩 영화배우가 한국에 건너와서 광고까지 찍고 돌아갔을까.

외국 배우가 TV 안에서, 그것도 한국말을 떠듬거리며 광고 문구를 내뱉는 광경이란 이후로는 없는 것이나 다름없던, 그 시대에서만 가능한 진풍경이었다.

특히 그중 장여옥은 이 당시 은막의 전성기를 고가한 여배우였으며, 이후 홍콩이 중국에 반환되고 나서 당국의 규제가 심해지자 할리우드로 건너가 재기에 성공, 그곳에서 제2의 전성기를 맞이하는 그런 명배우이기도 했다.

'어쨌거나 지금 기준으로도 대단한 배우라는 사실 자체는 변하지 않지.'

내가 기억하기로도 예전에 방한을 한 적도 있다는 모양이니, 전예은이 내게 말한 '한국에 방문한 적이 있다'는 말도 틀리진 않은 셈이었다.

결국 나는 자연스럽게 쓴웃음을 지었다.

"그래서 출연자 정보를 꽁꽁 감춰 두셨군요."

ㅡ죄송합니다. 가능하면 방송 당일까지 아는 사람이 적었으면 해서…….

나는 조금 연령대가 다르지만 김민혁 정도 나이대만 하더라도 그 소식을 듣는 즉시 공항으로 달려가 환영 피켓을 흔들어 대지 않을까.

"그런 이유가 있었군요. 그래도 저한테는 귀띔 정도라도 해 주시지 그러셨어요."

ㅡ죄송합니다.

"농담이에요."

박승환이 내게 사과할 일은 아니다.

이쪽이 갑이긴 해도 통통 프로덕션 자체는 엄연히 독립된 회사이고, 이번 일은 오히려 이쪽의 도움 없이 홍콩 대배우를 섭외할 정도의 수완을 발휘했다는 좋은 방증이니까.

"그래도 장여옥을 섭외했다니, 굉장하신데요."

–하하……. 뭐, 다 이해관계가 일치해서 그런 것뿐이죠. 장여옥이 저희 방송에 나와 주는 것도 이번에 개봉할 영화 홍보 차원의 연장선일 뿐입니다.

겸손은.

아무리 소속사며 배급사에서 결정한 홍보 차원의 출연이라고는 하나 그 바쁜 스케줄에서 짬을 내 가며 〈먼나라 이웃사촌〉 출연을 결정했다는 건, 이 방송이 내가 피상적으로 알고 있는 이상의 영향력을 끼치고 있단 의미일 것이다.

'그래도 전생에 이런 일이 없었다는 걸 감안하면…… 이번 생에는 통통 프로덕션의 박일춘 사장 인맥이 영향을 끼친 거려나. 어쨌건 그런 사람이니 요구 사항이 많은 까다로운 게스트임은 틀림없겠군.'

장여옥 정도 되는 거물이라면 VVIP 대접에는 익숙할 터이고, 신화호텔의 서비스에도 별로 감동을 느끼지 못할 것이다.

그러니 오히려 '한국 문화 체험'이라는 취지 차원에서는 잘됐다고 볼 수도 있으리라.

'방문 목적이 목적이니만큼 어떻게 대접하건 쓴소리는 않겠지만, 최소한 시청자들이 보기에도 부족함이 없도록 해야겠지.'

나는 고개를 끄덕였다.

"알겠습니다. 저로서도 더더욱 최선을 다해 만반의 준비를 마쳐야겠군요. 혹시 특별히 내건 조건이 있습니까?"

—아, 예. 그게 저희도 이 문제 때문에 골치가 아픕니다만……. 소속사 측에선 장여옥이 독실한 불교 신자라는 걸 감안해 달라고 하더군요.

불교 신자라.

"그러면 식단은 채식 위주로 짜야겠군요. 신화호텔 측에 전달해 두겠습니다."

—감사합니다. 이럴 줄 알았으면 진작 사장님께 상담을 드릴 걸 그랬습니다, 하하.

내가 아는 박승환은 남에게 겉으로라도 이런 아첨을 할 사람이 아니니, 결과적으로 박승환은 내 일방적인 '부탁'에 불쾌해하기는커녕, 오히려 한시름 덜었다는 진심이 잘 전해졌다.

—저, 그런데 괜찮겠습니까?

"뭐가요?"

—그…… 조성광 회장 자택이라고 하셔서 말입니다.

아하, 그 점이 마음에 걸리는 건가.

조광 그룹이 사실상 깡패 집단이나 다름없다는 건 알 만한 사람은 다 아는 사실이다 보니, 박승환은 그게 못내 마음에 걸렸던 모양이다.

뭐, 그게 사실이기도 하고.

"걱정하실 거 없어요. 그쪽은 다 좋게 이야기가 풀렸으니 말입니다."

-그렇습니까……. 그러면 알겠습니다.

오히려 나도 이번 기회에 조광 그룹에 덧씌워진 세간의 인식을 개선할 수 있겠구나 싶을 정도였다.

'그런 이미지를 불식해 두면 합자 회사 설립에 괜한 잡음이 끼어드는 것도 미연에 방지할 수 있겠지.'

나로선 일이 잘 풀리려니 하늘이 돕는단 기분까지 들 정도였다.

백하윤도 가능한 일찍 귀가하려 애쓴 편이었지만, 돌아와 밥을 차리다 보니 저녁 식사가 늦고 말았다.

"어때요?"

식탁에 마주 앉은 백하윤의 물음에 크리스는 애써 표정 관리를 했다.

"맛……있네요."

백하윤 역시도 살면서 요리란 걸 해 본 적이 손에 꼽을 정

도였기에 그녀가 내놓은 된장찌개는 이게 된장국인지 뭔지 모를 것이 되어 있었지만, 크리스의 대답에 조마조마하던 백하윤의 얼굴엔 설핏 미소가 번졌다.

"많이 먹어요. 밥은 더 있으니까."

"……네."

나 참, 이번 생에 처음 먹는 한식이 이 모양 이 꼴이어서야.

'입만 버렸네.'

크리스는 속으로 구시렁거리며 숟가락으로 밥을 팍팍 퍼먹었고, 백하윤은 그런 크리스를 보며 참 먹성 좋게 잘 먹는단 오해를 했다.

"크리스, 먹으면서 들어요."

"네, 선생님."

"내일은 저랑 함께 회사로 갈 겁니다."

내일 곧장?

'이거, 생각보다 이른 거 같군.'

백하윤의 비서인 김유미를 꼬드겨 동네 탐방을 마친 것은 좋았으나, 어째 이 부자 동네엔 그 흔하다는 PC방이라는 곳조차 찾을 수 없었다.

'아니, 아직 그럴 만한 시대가 오지 않은 것도 있겠지.'

그러니 정보 수집을 위해 컴퓨터가 있는 곳을 찾으려면 시내 쪽으로 나가 봐야 할 텐데, 현재 자신의 나이에는 혼자 버스를 타는 일도 어려울지 모른다.

'나는 전생에도 버스를 타 본 적이 없고. 승차권을 어디서 구하는 건지도 모르는데.'

물론 크리스도 시내버스를 타는 데 별도의 승차권이 필요하지 않다는 정도의 상식은 있지만, 그녀는 지금 언젠가 주워들었던 이 시대에 존재하는 '버스 토큰'이라는 개념 때문에 헷갈려 하고 있었다.

'애당초 수중에 현금도 없으니, 나간들 뭘 할 수 있는 것도 아니지만.'

그러니 우선은 어떻게든 백하윤을 꼬드겨 용돈을 타 내는 일이 급선무였으나, 암묵적인 원칙상 '혼자서 외출'을 하는 일은 금기시되고 있었기에 크리스로서는 어떻게 하면 밖으로 나가 이성진에 대한 정보를 수집할 수 있을지 감이 오질 않았다.

그런데 내일 곧장 백하윤을 따라 회사로 가게 된 상황이니, 어쩌면 거기서 단락적인 정보는 챙길 수 있을지도 모른다.

'칫, 괜한 탐방이었나.'

하지만 그건 크리스의 착각으로, 아무리 지금이 인터넷이 조금씩 보급되는, 그것도 전생의 이 시기에 비하면 그 인지도가 상승해 있다고는 하나 누구나 손쉽게 인터넷이 되는 컴퓨터 앞에 앉을 수 있다는 건 아니었다.

그래도 과정이야 어찌 되었건 결과적으론 마찬가지라고 생각하며 크리스가 슬쩍 물었다.

"그러면 내일, 이성진이라는 사람도 볼 수 있나요?"

"아니. SJ컴퍼니와 미팅은 오전에 잡혀 있어서……. 그 시간에는 성진 군도 학교에 가 있을 시간이니까 그렇지는 않을 거예요."

백하윤이 빙그레 웃으며 물었다.

"왜, 궁금한가요?"

그야 궁금하긴 하지.

대체 어느 놈이 내 행세를 하고 있는 건가, 하고 말이야.

하지만 속으로 욕설을 섞어 가며 생각하는 것과 달리 크리스는 얼굴에 천사 같은 미소를 띤 채 대답했다.

"네. 선생님께 이야기를 많이 들어서 그런가 봐요."

"조만간 기회가 올 거예요. 그나저나 학교 이야기가 나와서 말인데……."

백하윤이 이번엔 진지한 이야기라는 양 어조를 고쳐 말을 이었다.

"미국에서도 한 이야기지만 크리스, 학교는 어떻게 하고 싶어요?"

할렘가에서 살던 시절도 아니고 엄연히 공인을 목표로 하는 크리스 입장에 교육 문제는 반드시 짚고 넘어가야 할 문제였다.

또, 지금은 임시 비자인 데다 엄밀히 따지면 아직 '미국인'이었기에 의무 교육에 대한 강압 등에서 자유로웠지만, 백하윤의 외교부 인맥으로 그 문제가 해결되는 일도 조만간이었으니.

'솔직히 이것만큼은 나도 아직 잘 모르겠군.'

크리스에게 주어진 선택지는 크게 두 갈래였다.

하나는 한국에 남아 한국식 교육을 받는 것이고, 둘째로는 서류 문제가 해결되는 즉시 외국으로 떠나 엘리트 음악인으로 유학 생활을 하는 것.

어느 쪽이건 크리스 마음에 차는 일은 아니었지만, 유학을 떠나 빡빡한 기숙학교 생활을 하는 것 못지않게 백하윤의 감시(?)하에 한국 생활을 하는 것도 내키지 않기는 매한가지였다.

'대학도 졸업한 마당에 초등학교부터 다시 나오라니, 이게 미치고 팔짝 뛸 일이 아니고 뭐겠어.'

뭐, 일단 '음악 천재'라는 입장이 있는 만큼 남들처럼 학업에 매진할 필요까진 없겠지만(전생에도 이미 어느 순간 공부에서 손을 놓기도 했고) 한국의 빡빡한 교육 환경에 몇 시간씩 강제로 학교에 붙들려 지내는 것은 사양이다.

게다가 전생부터 봐 온 백하윤의 성격상, 아무리 음악을 위해서라도 학업에 완전히 손 놓고 이를 도외시하는 꼴은 두고 보지 않을 것이 분명했으므로 백하윤의 감시하에 있는 한은 설렁설렁 시간이나 때우고 마는 학창 생활이란 기대해선 안 될 일이었다.

'그렇다고 유학을 떠나 해외로 나가 있자니 내 걸 포기하고 남 주는 기분이 든단 말이지. 한국에 있는 게 돌아가는 모양새를 감시하기는 더 좋고.'

크리스가 미간까지 찌푸려 가며 생각에 빠진 얼굴이자 백하윤은 픽 웃었다.

"그건 천천히 생각해 보도록 하죠. 저는 어느 쪽이건 크리스에게 도움이 되는 방향으로 함께 고민하겠어요."

"네, 선생님."

싹싹하게 대답하는 크리스를 보며 백하윤은 빙그레 미소를 지었지만, 그런 그녀도 속으론 오늘은 어쩔 수 없이 비서의 손에 맡겨 방치하고 말았지만 지금처럼 크리스를 하루 종일 집 안에 방기해선 안 된다고 생각 중이었다.

'호기심도 왕성해고 한창 뭔가를 배우고 싶은 나이일 텐데, 아무리 임시라지만 계속 집 안에 두는 것도 아동 학대나 다름없고…….'

백하윤은 문득 이성진이 발안한 '방과 후 교실' 프로그램이 이런 식으로도 쓸모가 있었구나, 하고 새삼 생각했다.

'일단은 두고 보자. 필요하면 크리스를 볼 사람을 구하는 것도 고려해 볼 만하니까.'

그리고 두 사람의 고민은 그들도 생각하지 못한 의외의 사건으로 해결된다.

다음 날, 백하윤을 따라 회사로 가기 위해 아침 일찍 일어난 크리스는 팔랑팔랑한 원피스를 갖춰 입었다.

'이 감각은 영 익숙해지질 않는군.'

그런 크리스의 속도 모르고 백하윤은 빙그레 자연스런 미소를 지으며 크리스를 보았다.

"바이올린 챙겼죠? 준비 마쳤으면 가 볼까요."

"네, 선생님."

백하윤이 모는 개인 차량을 타고 바른손레코드 회사에 들어온 크리스는 로비에서부터 사람들의 주목을 받았다.

그건 이 자리에 저 만한 어린애가 있고, 그 어린애를 백하윤 대표가 동행했기 때문만은 아닐 것이다.

그렇게 사람들의 힐끗거리는 시선을 받으며 엘리베이터에 올라탄 두 사람은 백하윤 대표의 사무실이 있는 꼭대기 층에서 내렸다.

"안녕하세요, 대표님."

크리스와 구면인 비서 김유미가 반갑게 인사했다.

"크리스도 Good morning."

"안녕하세요, 언니."

백하윤은 사무실로 들어가기 전, 손목시계를 힐끗 보았다.

"미팅까진 아직 조금 시간이 있으니까, 크리스는 유미 씨랑 기다리고 있도록 해요."

"네, 선생님."

백하윤은 뒤이어 김유미에게 말했다.

"유미 씨는 연습실에서 크리스가 바이올린 연습하는 것 좀 도와주고요."

"알겠습니다, 대표님."

"예, 나중에 보죠."

백하윤이 사무실로 들어가 문을 닫자마자 김유미는 활짝 웃으며 크리스를 보았다.

"그러면 크리스, 언니랑 바이올린 연습하고 있을까?"

그것 말고 다른 선택지는 없을까, 싶었던 크리스는 김유미를 슬쩍 찔러 보았다.

"저, 언니. 잠시 컴퓨터 좀 할 수 있을까요?"

"컴퓨터?"

그러잖아도 어제부터 컴퓨터에 대한 이야기를 던져 대던 크리스였다.

"음, 내가 쓰는 게 있긴 한데…… 게임 같은 건 안 깔려 있는걸. 아, 핀볼이랑 트럼프 정도는 기본으로 깔려 있지만."

"게임이 아니라 인터넷을 해 보고 싶어서요."

크리스의 말에 김유미가 쓴웃음을 지었다.

"미안, 언니 컴퓨터는 인터넷 안 돼. 뭐라더라, 얼마 전에 인트라넷이라는 걸 깔긴 했는데…… 인터넷이랑은 다른 거지?"

다르지.

우회 접속을 하면 인터넷에 접속하는 것도 가능할지 모르지만, 컴맹이나 다름없는 크리스에게 그런 방법은 존재하지 않는 것이나 다름없었다.

'보아하니 김유미도 그런 방법은 모르는 모양이고……. 무능한 비서 같으니.'

어쩔 수 없지.

지금은 백하윤이 시키는 대로 할 수밖에.

"알겠어요. 그러면 연습실로 가요, 언니."

"응. 언니랑 손잡고 갈까?"

"……네."

남자였다면 어림도 없겠지만 여자니까 봐준다.

김유미의 손을 잡고 연습실로 도착한 크리스는 잠시 방음 설비가 갖춰진 연습실을 둘러보다가 바이올린을 꺼내 음정을 조율했다.

전생에 바이올린을 다룰 때는 이 음향 조율에 다소 애를 먹어 별도로 조율 기기를 마련하거나 했지만, 이번 생에는 절대 음감이라도 생긴 것인지 크리스는 기계나 피아노 건반 등의 도움 없이도 어렵지 않게 음을 조율할 수 있었다.

한편, 그런 크리스를 가만히 지켜보던 김유미는 조금 감탄했다.

혼자서 조율을 마치는 것쯤은 바이올린 경력이 어느 정도

쌓인 연주자라면 어렵지 않게 해내는 일이지만, 크리스의 나이를 생각하면 그것도 꽤 대단한 일이었다.

'그래도 조율 정도야 뭐. 하지만 그렇다고 해서 대표님이 직접 미국으로 가서 데리고 올 만큼 천재인 걸까?'

솔직히 크리스가 오매불망 찾아다니는 인터넷을 시켜 주려면—나중에 조금 혼날 걸 각오하고—회사 내부에 인터넷이 되는 컴퓨터를 찾아서라도 해 줄 수 있겠지만, 김유미는 개인적으로 크리스의 연주를 한번 들어 보고 싶었던 것이다.

여러 의견이 있겠으나, 김유미는 줄곧 프로와 아마추어 사이의 차이는 자신의 실력을 객관적으로 인지하는 시점에서 찾아온다는 생각을 해 왔다.

연주자가 자신의 실력, 장기, 그리고 개선해야 할 점을 인지하기 시작한 순간부터 아마추어는 프로로 거듭나기 위해 자신의 장점을 극대화하고 단점을 줄이기 위한 연습을 시작할 수 있게 되는 것이다.

하지만 여기서 아이러니한 일은, 수많은 아마추어가 이 프로로 진입하는 문턱에서 좌절하고는 한다는 것이었다.

자기 자신에 대해 알게 된다는 건, 다시 말해 남에 대해서도 더 잘 알게 된다는 의미였다.

그리고 어느 계통이나 마찬가지겠지만, 특히 예체능 계열은 '타고난 재능'의 유무가 크게 갈리는 분야였다.

남들 앞에서 일부러 떠들고 다니지는 않지만 김유미 역

시도 이 프로의 문턱에 서서 좌절한 아마추어 중 한 사람이었다.

어릴 때부터 부모의 강요로 시작한 악기, 별 흥미를 느끼지 못하는 학업 등의 이유에서 비롯해 가벼운 마음으로 음대에 들어온 김유미는 어느 순간부터 보이기 시작한 선천적인 재능의 한계, 그리고 타고난 재능을 갖춘 선후배며 동기들을 보며 좌절해 급기야 전공인 첼로에서 손을 놓았다.

그런 김유미가 백하윤의 비서로 일하게 된 건 '첼로 선생님은 되기 싫고, 그렇다고 음악으로 먹고사는 길은 요원한' 와중 반쯤 뭘 해서 먹고살지 막막한 기분으로 넣은 바른손레코드 서류에 합격했기 때문에 불과했다.

어쨌거나 바른손레코드 역시 음악 관련해서 알아주는 회사였으니까(그리고 백하윤 역시도 그런 좌절을 겪은 수많은 젊은이들을 보아 왔기에 뭐라도 해 주고 싶어서 김유미를 채용하게 된 것이기도 했다).

그러니 김유미는 사실 은연중 크리스가 '어리고 예쁜 데다 바이올린도 꽤 다룰 줄 아니까' 백하윤도 상품성이 있어서 데려온 것일 거라는 못난 생각을 했다.

'그럼 얼마나 대단하기에 그런지, 어디 한번 보자.'

김유미도 크리스가 연주하는 비디오테이프를 보긴 했지만, 그것도 '그 곡만' 열심히 연습시키면 조금 재능 있는 꼬마도—그것도 대단하다면 대단하겠지만—할 수 있는 일이란 생각이 있었던 것이다.

크리스는 그런 김유미의 속내를 알 턱이 없었지만, 문득 괜한 장난기가 동했다.

'흠, 한번 울려 볼까?'

연주로 남을 울게 하는 것쯤이야, 이미 할렘가에서 길거리 연주를 해 오던 시절에 요령은 익혀 두었으니까.

3장

크리스가 자신의 재능을 깨달은 건 우연이었지만 동시에 어느 정도는 필연이기도 했다.

이번 생에 처음 눈을 떴을 때, 그녀는 한동안 공황 상태에 빠져 며칠을 보냈다.

전생에도 미국 땅을 밟아 본 적이 없는 건 아니지만, 저소득층과 각종 마약, 총기며 범죄가 난립해 있는 할렘가에는 발을 붙여 본 적도 없었거니와 자신이 비쩍 마른 꼬맹이—심지어 여자라니!—라는 건 도저히 맨 정신으론 받아들이기 힘들었던 것이다.

그나마 불행 중 다행인 건, 그녀가 전생 때부터 영어에 능통했다는 것과 이웃에 좋은 사람이 많았단 점을 들 수 있을 것이다.

이웃들은 고열을 앓고 죽다 살아난 크리스가 눈을 뜨자마자 횡설수설하며 신경질과 짜증, 이따금 울부짖기까지 하는 모습을 참을성 있게 보살펴 주었다.

그 지극정성 덕분일까, 며칠이 지나 냉정을 되찾은 크리스는 그제야 자신이 누구고 여기가 어딘가 하는 걸 알아볼 여력이 생겼다.

다만 냉정을 되찾았다고 한들 갑자기 하늘에서 동아줄이 내려오는 일은 일어나지 않았다.

문맹률이 70퍼센트에 달할 일자무식인 이웃들은 한국이 어딘지, 그런 나라가 존재하는지도 몰랐던 사람들이 태반이었던 데다가—그나마 개중 조금 학식이 있던 사람들은 '미국에서도 '잊힌 전쟁이라 불리는 한국전쟁이 있었더랬지' 하고 중얼거릴 뿐이고—상황이 이렇다 보니 그녀는 자신의 머릿속에 있는 이 시대의 각종 투자 정보를 활용할 목돈조차 마련하지 못할 정도였다.

—주식? 월가의 멍청이들이 한다는 그거 말이지? 그런데 그게 뭐냐?

하긴, 그날 하루를 버티는 게 고작이고 예상치 못한 목돈이 생기면 그게 공공재인 양 파티부터 열고 보는 사람들이었으니까.

심지어 그런 어쩌다 생긴 돈으로 스프링 나간 매트리스라도 교체할라치면 '저 녀석, 어디서 돈을 꼬불쳤어?' 하고 힐난부터 하니, 말 그대로 그날만 사는 하층민들의 삶이라고 해야 할까.

크리스가 이런 할렘가의 공공재적 삶에 익숙해지고, 밤에 들리는 자동차 도난 방시 소음이나 총성에 더 이상 벌벌 떨지 않고 신경질을 내며 베개로 귀를 틀어막게 된 시점에서 그녀는 이웃에 사는 어느 흑인 노파를 알게 된다.

동네 꼬마들로부터 '매기(Maggie) 할멈'이라 불리는 그녀는 우연히도 매기를 닮아 있었는데, 괴팍한 성질머리에 애들을 싫어한다는 점에서 크리스는 묘한 동질감을 느꼈다.

내뱉는 말의 반이 F로 시작하는 욕설이고, 그 F Word로 시작하지 않는 다른 말이 과거에 자신이 얼마나 잘나갔는가를 늘어놓는 허풍인 매기 할멈 집에는 아무도 눈여겨보지 않는 낡은 바이올린이 한 대 놓여 있었다.

그리고 그 바이올린의 진가를 알아본 건, 할렘가에서 크리스가 유일했다.

물론 그렇다고 그 바이올린이 실은 스트라디바리우스였다거나 하는 건 아니고, 현대의 꽤 이름 있는 장인이 만든 골동품이었다.

그것만 하더라도 이 할렘가에선 도둑맞기 일쑤인 대단한 자산이지만, 앞서 언급했듯 그 방치된 바이올린의 가치를 알아본 건 크리스가 유일했다.

아마 전생에 어머니의 영향으로 바이올린을 연주했던 것과 잠시 취미 수준으로 소소하게나마 악기 수집을 했던 안목이 없었더라면, 크리스도 다른 동네 꼬맹이들처럼 매기 할멈을 그저 죽을 날만 기다리는 괴팍한 할망구 취급했을지 모른다.

'이거 어쩌면 저 할망구가 뱉어 댄 말의 절반 정도는 사실일지도 모르겠는데?'

그리고 크리스의 머릿속에 번뜩이는 아이디어가 떠올랐다.

'가만있어 봐. 이거, 바이올린으로 한 밑천 벌어 볼 수도 있는 거 아니야?'

할렘가의 꼬맹이가 수중에 돈이라도 쥐어 볼 수 있는 기회란 동네 양아치들의 '심부름'이 아니면 뜨내기들을 상대로 돈을 갈취하는 것이 전부였다.

하지만 크리스에겐 마침 공교롭게도 전생에 배운 바이올린 지식이 있지 않던가.

'내 입으로 말하긴 뭣하지만, 나 정도로 예쁘장한 꼬맹이가 아마추어 수준이나마 시내에서 길거리 바이올린을 연주하면 하루 몇 달러 정도는 벌 수 있겠는걸.'

그리고 그 돈으로 애플과 마이크로소프트 주식을 사면, 이 거지같은 동네를 탈출하는 것도 가능할지 모른다.

계획을 떠올렸으니 실행에 옮길 때였다.

"마담 매기, 저 바이올린은 뭔가요?"

같이 있던 동네 꼬맹이들은 '맙소사, 시작되겠군' 하고 부리나케 자리를 피했지만, 매기 할멈은 아랑곳하지 않고 눈을 반짝이며 크리스에게 말했다.

"아, 이 바이올린은 말이지……."

그렇게 시작된 매기 할멈의 이야기는 그녀가 뉴올리언스에서 왔다던 유명한 재즈 바이올리니스트와의 연애며 그의 바람기, 그리고 그에게서 배운 바이올린 솜씨까지, 한참 동안 계속되었다.

크리스는 스스로 생각하기에도 초인적인 인내심을 발휘해 그 이야기를 경청했고, 돌이켜 생각할 때 어쩌면 그런 크리스의 모습에 매기 할멈은 더 신이 나 떠들어 댄 걸지도 모르겠다.

"……아무튼 그렇게 해서 그 사람이 죽고 난 뒤, 이 바이올린은 내 것이 되었단다."

"정말 아름다운 이야기네요."

하품을 참으며 한 말 직후, 크리스는 매기 할멈의 말이 이어질세라 얼른 용건을 꺼냈다.

"그러면 마담 매기, 저한테 바이올린을 가르쳐 주실 수 있을까요?"

"네가?"

매기 할멈은 코웃음을 쳤지만, 크리스의 잔망스러운 요청

이 싫지는 않은 눈치였다.

"쉽지 않을 게다."

그렇게 해서 매기 할멈의 바이올린 강습이 시작되었다.

하지만 그 강습도 실은 오래가지 않았다.

크리스는 바이올린을 쥔 순간 자신에게선 전생에 없던, 천재적인 재능이라고 표현하기에도 부족한 어떤 자질이 있음을 깨달은 것이다.

'호오, 이거 봐라?'

대강 흉내만 내다가 바이올린을 슬쩍해 길거리 공연에 나설 생각이었던 크리스는 그 계획을 전면 수정했다.

'임시로 기초 자금을 버는 정도는커녕, 이대로 이 길로 나가서 대성할 정도도 되겠는데?'

상식선에서 이해하는 것이 불가능한 불가사의한 일이기는 했지만, 그렇게 따지면 이 꼬맹이 몸에서 환생하게 된 것부터가 말이 안 되는 이야기였다.

크리스의 방어기제는 그런 불가사의한 일을 있는 그대로 수용하는 일에서 시작되었고, 그 과정에 그녀는 현실을 받아들이고 그녀 자신에게 찾아온 공황장애를 극복한 것이기도 했다.

'그래도 이 능력, 동네 교회에서 배운 말로는 달란트라고 해야 하려나, 아무튼 이걸 제어하는 것부터 시작해야겠군.'

이 몸의 원래 주인이 뭐 하던 인간인지는 모르겠지만, 어

쨌건 크리스는 자신이 바이올린을 쥐고 연주를 하려 할 때면 그 의식이 '몸에 뱄다'고밖에 표현할 방법이 없는 어떤 무의식의 단계에서 연주가 이루어진다는 걸 분석해 냈다.

'그런 의미에서 보자면 이 몸의 기교는 이미 프로 단계에서 완성되어 있어. 나머지는 내가 이 힘에 휩쓸리지 않고 자의식을 유지한 채로 이어 갈 수 있는가 하는 것이 관건인데…….'

크리스의 그런 딴생각을 하는 사이, 매기 할멈은 크리스의 재능에 홀딱 반해 있었다.

고작 '반짝반짝 작은 별'을 연주한 것에 불과했지만(고작이라곤 해도 어쨌건 무려 모차르트가 작곡한 곡이다), 크리스는 바이올린을 처음 쥐어 보는 꼬맹이들이 곧잘 저지르곤 하는 불협화음을 내는 일 없이 능숙하다고밖에 할 수 없는 솜씨로 연주를 끝마친 것이다.

"얘, 너 정말 처음이니?"

"그럼요, 마담. ……음, 아니 어쩌면 어머니한테 배웠을지도 모르겠어요."

크리스는 뻔뻔하게 거짓말을 했다.

부친은 교도소에 있다 하고, 이 몸의 모친이 어디서 뭘 하는지, 심지어 죽었는지 살았는지도 모르는데 그 얼굴도 모르는 사람에 대해 어떤 거짓말을 하건 무슨 상관이랴.

"그렇구나. 아무튼 이 동네에 너 같은 아이가 있었다니, 이건 정말 축복이라고밖에 할 수가 없겠어."

즉시 눈을 감고 기도를 올리는 매기 할멈을 보며 크리스는 냉소했다.

'웃기고 앉았군. 이 상황이 저주인지 축복인지 누가 알겠어?'

그렇게 시작된 크리스의 '강습'은 그녀가 이 무의식을 컨트롤하는 단계에 이르러 끝이 났다.

어느 순간, 크리스는 자신의 연주가 청취자로 하여금 어떤 감정을 느끼게 만들도록 의식해서 조종할 수 있다는 걸 깨달은 것이다.

처음으로 시도한 크리스의 그 '의도'에서, 결코 슬픈 곡이 아니었음에도 매기 할멈은 말없이 눈물을 주르륵 흘렸다.

그건 매기 할멈뿐만 아니라, 이미 '이 동네에 바이올린 신동이 있다'며 크리스의 바이올린 강습 때마다 모여들던 동네 주민들도 마찬가지였다.

"크리스."

매기 할멈에게 '꼬맹이'가 아닌 이름으로 불린 건 이게 처음이자 마지막이었다.

"이제 너 정도면 어디 가더라도 못한다는 소리는 절대 나오지 않을 게다."

"마담, 저는 아직 부족해요."

아직 다른 실험도 좀 더 해 보고 싶거든.

"아니다. 그래, 하나님이 나를 오늘까지 살아있게 하신 건

너를 만나기 위해 계획하신 일일 테지."

매기 할멈이 말을 이었다.

"크리스, 만약 내가 죽거든 그 바이올린은 네가 가져라."

"그런 말씀 하지 마세요."

"아니다, 내 몸은 내가 잘 알아. 너희들도 들었지? 이 바이올린은 크리스 거니까 그렇게들 알아. 혹시라도 얘한테 해코지하면 유령이 되어서 나타나 주마."

그리고 매기 할멈은 거짓말처럼 다음 날, 그녀의 말대로 침대 위에서 눈을 감은 채 발견되었다.

그렇게 됐으니 나머지는 탄탄대로였다.

'바이올린 천재 동양인 꼬맹이가 나타났다!'

크리스의 길거리 연주는 곧장 사람들의 관심을 불러 모았고, 바에서는 피아노 맨을 밀쳐 내고 연주하기도 했으며, 그 소문을 들은 방송국에서 그녀의 연주 영상을 담아 가는 것도 머지않아 이루어진 일이었다.

하지만 그 과정에 아니나 다를까, 매기 할멈이 물려준 바이올린은 어느 날 도둑맞고 말았지만 크리스는 이미 길거리 연주로 벌어들인 돈으로 (예전만은 못하지만)중고 바이올린을 재구매할 정도의 수익을 거둬들인 뒤였다.

오히려 이 능력이 '바이올린빨'이 아니었다는 게 증명되었으니 크리스로서는 생돈이 나가 짜증이 났던 것을 제하면 결과적으로 나쁘지 않은 실험으로도 이어진 셈이었다.

게다가 매기 할멈이 물려준 바이올린은 멀리 떨어지지 않은 전당포에서 발견되었고, 이미 동네의 영웅이 된 크리스를 위해 동네 주민들이 나서서 범인을 응징하고 그 바이올린을 되찾아 주었다.

크리스로서는 예상치 못한 원군을 얻은 셈이었지만, 그녀는 상관하지 않았다.

'어차피 떠날 동네니까.'

그리고 '바이올린 천재 동양인 꼬맹이'가 채한열의 눈에 들어 백하윤을 통해 한국으로 들어왔으니, 크리스는 짧은 시일 파란만장했던 할렘가를 떠나 바야흐로 새로운 삶을 시작하게 되었다.

연주에 감정을 실어 상대의 감정 상태를 조종한다.

'타고났던 난데없는 재능'을 깨달은 크리스도 이것만큼은 자신이 연습을 거듭해 각성한 능력인 만큼 스스로도 자부심을 가졌다.

하지만 단 한 번, 크리스의 그 최면에 가까운 연주를 들어 본 백하윤은 그런 연주를 '작곡가의 의도와 별개로 연주자의 감정이 과하게 실린다'며 냉정히 평가한 뒤, 아직은 그런 연주를 할 때가 아니라며 지양하도록 했다.

크리스는 백하윤에게는 자신의 연주가 먹혀들지 않은 건가, 하고 떨떠름한 기분을 느끼긴 했지만, 그런 백하윤이 없는 이 연습실에서 '조금 장난을 치는 정도'는 그녀도 상관할 바가 아닐 터.

그리고.

"아아……."

크리스가 의도했던 대로 그녀의 연주에 김유미는 눈물을 주르륵 흘렸다.

'좋아, 이 능력은 여전하군.'

흘러내리는 김유미의 눈물을 보며 크리스는 속으로 배시시 웃었다.

연습실에 들어간 크리스가 바이올린으로 김유미를 농락(?)하고 있을 때, 사무실의 백하윤은 어제 다 보지 못한 밀린 서류를 처리하고 있었다.

이는 어디까지나 만사 제쳐 두고 갑작스런 미국 출장을 결행한 여파의 청구서가 고스란히 백하윤 대표의 책상에 쌓인 것이니, 백하윤도 불평할 처지가 아니라는 것쯤은 잘 알고 있었지만.

"……휴우."

서류가 제대로 눈에 들어오지 않는 백하윤은 괜히 밀려드는 피곤함에 안경을 벗고 관자놀이를 문질렀다.

평소 공과 사의 구별이 뚜렷하단 자각을 갖고 있던 백하윤조차 요즘만큼은 크리스에 대한 고민으로 업무에 집중하기가 힘들었던 것이다.

'그 애를 어떻게 해야 할지…….'

솔직히 크리스는 백하윤의 기대 이상의 인재였고, 그녀의 갑작스러운 미국 출장은 그만한 성과도 있었다.

분명 크리스는 이 시대에 이름을 남기는 음악가가 될 것이다.

그녀의 재능은 현재 나이를 고려하지 않고 블라인드 테스트를 하더라도 통할 정도였으니까.

그러니 사실 지금 크리스 정도 실력이면 자신이 어느 정도 자리를 잡아 주기만 하더라도 어렵지 않게 스폰서를 구해 그녀의 예술계 활동을 어렵지 않게 이어 갈 수 있을 것이다.

하지만 백하윤의 욕심은 크리스가 단순히 뭇 사람들의 박수갈채를 받는 음악가로 남는 것이 아닌, 역사에 족적을 남기는 존재로 남길 바라고 있었다.

그러다 보니 백하윤은 크리스를 볼 때면 자신도 모르게 그녀가 알고 있는 또 다른 천재인 이성진과 비교를 하게 되곤 했다.

한 시대에 이 정도씩이나 되는 두 명의 천재가 나와 주었다는 건 분명 축복이다.

게다가 그중 한 천재가 개인 사정으로 인해 (백하윤의 착각이

지만)어쩔 수 없이 그 빛나는 재능의 원석을 갈고닦을 수 없는 상황에서 '대체재'가 될 만한 인물이 나와 주었다면 더더욱…….

'음?'

무심결에 떠올리고 만 생각이지만 백하윤은 크리스를 이성진의 '대체재'로 생각하고 만 자신에게 흠칫 놀라고 말았다.

'나도 참 무슨 생각을.'

……크리스에게는 미안한 이야기지만, 실제로 백하윤은 내심 크리스보다 이성진의 실력에 손을 들어 주고 있었다.

그건 어떤 의미에서 보자면 백하윤이 걸어온 음악가의 인생과도 무관하지 않은 결론이기도 했다.

백하윤에겐 능력이 통하지 않았을 거란 크리스의 착각과 달리, 상대의 감정에 영향을 끼치는 그 연주는 백하윤에게도 영향을 끼쳤다.

그러나 오히려 그렇기에 백하윤은 크리스의 연주를 들으며 이성진의 연주에 더 손을 들어 주고 싶은 심경을 느끼고 말았다.

미국에서 크리스의 '감정이 실린 연주'를 들은 백하윤은 처음에는 깜짝 놀라 그녀 스스로도 밀려드는 감정의 탁류에 휩쓸릴 뻔했지만, 그것도 잠시.

나이가 들어 감에 따라 감정이 마모되기라도 한 것일까, 그런 감정을 간신히 추스르고 얼마 지나지 않아 백하윤은 크리스의 연주를 냉정하게 평가하게 되었다.

'한 걸음 물러서서 보면 거기서 느껴지는 해석은 일차원적인 것이었지. 아직 어려서 그런가.'

물론 그 나이에 그 정도 기교를 발휘하는 건 칭찬을 해 주어도 부족할 지경이고, 심지어 크리스의 연주에는 단순한(?) 기교뿐만이 아닌, 사람의 마음에 울림을 주는 어떤 힘이 있다고 느꼈다.

하지만 아이러니하게도 백하윤은 크리스의 연주에서 그녀가 청취자로 하여금 어떤 감정이 들게끔 강요한다는 느낌을 받았다.

음악에 감동을 느낄 때 드는 감정은 다분히 복합적이기 마련이다.

거기에는 청취자 개인의 지난 경험과 결부되어 울림을 주는 경우도 있을 것이고, 연주자의 표현이나 기교, 곡의 해석에서 이미 잘 알고 있는 곡의 새로운 일면 발견하는 기쁨도 있을 것이다.

반면 크리스의 연주에서 전달되는 감정은 지극히 보편적이고 일차원적인 감정의 원류였다.

그런 의미에서 백하윤은 연주자 개인의—유치하기 이를 데 없는—일차원적 감정을 강요하는 크리스보다 청취자로 하여금 해석의 자유를 내맡기는 이성진에게 손을 들어 주고 싶었던 것이다.

그걸 두고 백하윤은 크리스가 길거리 연주에서 나쁜 버릇을 들이고 만 결과라고 한다면, 그걸 바로잡아 주는 것이 자신의 역할이라고 생각했다.

'물론 지금도 일반 대중에게는 충분히 통하는 수준이라고 생각은 하지만…… 나는 그 아이가 고작 그 정도 수준에서 멈추길 바라는 게 아니니까.'

그러니 크리스는 지금보다 조금 더 나이가 들어 다양한 것을 경험하고 난 뒤에는 훌륭한 음악가가 될 것이다.

'뭐, 이것도 다 배부른 고민이지만.'

백하윤은 자조했다.

그래도 생각해 보면 묘한 일이었다.

백하윤이 크리스를 이성진과 비교하고 마는 건, 분명 마주친 적도 없을 두 사람의 연주에서 어떤 유사성을 느꼈기 때문이었다.

어느 정도 경지에 오르면 연주곡의 기교는 엇비슷해지기 마련이라지만, 크리스와 이성진의 연주엔 스승과 제자 사이에서도 생겨나기 힘든 어떤 습관이나 버릇 같은 것이 닮아 있단 느낌이 들었다.

'이를테면 마치 한 원류에서 파생한 거울 꼴처럼.'

……결국 오늘도 어제처럼 크리스에 대한 생각으로 일손을 놓고 시간을 보내고 말았다.

백하윤이 그걸 깨달은 건, 사무실에 울리는 전화 신호음이 몇 차례가 가도록 끊어지지 않고 이어지고 있었다는 걸 자각하면서부터였다.

'이거 참.'

보아하니 크리스와 함께 연습실로 간 김유미가 그녀의 연주에 홀딱 빠져 복귀를 깜빡한 것이리라.

백하윤은 쓴웃음을 지으며 하는 수 없이 직접 전화를 받았다.

"예, 백하윤 대표입니다."

프론트 직원은 설마하니 백하윤 대표가 직접 전화를 받을 줄은 몰랐는지, 깜짝 놀라며 말했다.

–아, 예. 대표님. SJ컴퍼니의 천희수 실장님이 방문하셨습니다.

"예. 올려 보내 주세요."

게다가 벌써 약속 시간이라니.

'흠……. 아니지. 그래, 이렇게 해 볼까.'

백하윤은 혼자 무언가를 떠올리면서 천희수를 맞이하였다.

"안녕하세요, 실장님. 좋은 아침입니다."

"안녕하십니까, 대표님. 미국에 다녀오셔서 그런지 신수가 훤하십니다."

천희수는 능청스러운 한마디를 덧붙였다.

원래는 저런 성격을 좋아하지 않는 백하윤도 천희수의 저런 태도만큼은 어째 그렇게까지 싫지가 않은 게 왠지 신기했다.

"고마워요. 그런데 오늘은 실장님 혼자 오셨군요?"

"하하, 예."

천희수는 전생에도 그 특유의 능청스러움과 거리감으로 인맥을 형성, 그 힘으로 국내 대표 엔터테인먼트 회사를 꾸려 나갔을 정도였으니 사실 여간한 일은 천희수 개인에게 맡겨 두어도 무방할 정도였다.

"애당초 따지고 보면 예은이는 SJ엔터테인먼트 소속도 아니었고 말입니다."

다만 지금껏 전예은은 천희수를 믿고 일을 맡길 수 있는 이성진의 생각과 달리, 그의 어디로 튈지 모르는 면모를 불안해한 나머지 괜히 일거리를 늘려 왔을 뿐.

천희수가 사무실을 둘러보며 물었다.

"그런데 오늘은 왠지 우리 유미 씨가 보이질 않네요. 다른 업무 중입니까?"

"그런 셈이죠. 지금 크리스가 회사에 와 있거든요."

"정말입니까?"

크리스에 대한 소문은 천희수도 들은 터, 그는 백하윤이 미국까지 가서 데려왔다는 바이올린 천재에 대한 호기심을 감추지 않고 맞장구를 쳤다.

"그랬군요. 저도 소문은 들었습니다만……."

"말씀하시는 걸 들으니 천희수 실장님은 크리스의 비디오 테이프를 못 보신 것 같군요."

"하하, 예. 뭐. 어차피 클래식에 문외한인 제가 봐야 뭘 알겠습니까."

천희수의 넉살 좋은 대답에는 그것이 왠지 그저 빈말뿐으론 들리지 않는 묘한 매력이 있었다.

'……그나저나 이 사람, 왠지 나한테 대놓고 그 꼬마 애 언급을 하는 느낌인데.'

천희수는 혹시나 모를 지뢰를 밟지 않도록 조심하면서 은근슬쩍 본론으로 접근했다.

"아차차, 바쁘실 텐데 옆으로 새서 죄송합니다, 대표님."

백하윤은 빙긋 웃으며 천희수의 말을 받았다.

"괜찮아요, 이 정도 곁다리는 안부 인사나 다름없으니까요. 예은 씨가 보낸 메일은 잘 받았어요. SBY를 데리고 새로운 방송을 제작하신다고요?"

백하윤이 본론으로 넘어가자 천희수가 진지한 얼굴로 고개를 끄덕였다.

"네, 구두로 다시 말씀드리자면 이번에 제작하는 신규 예능 컨셉은 SBY 멤버들을 중심으로 전국 각지의 알려지지 않은 명소를 찾아다니는 것으로……."

사무적인 설명 뒤, 천희수는 빙긋 웃으며 어조를 고쳤다.

"비록 여건상 디테일한 부분은 신인 PD가 연출하게 되었습니다만, 결과는 기대하셔도 좋을 거 같습니다. 뭐, 그도 그럴 게 기획부터가 흥미롭거든요, 하하하."

"그렇군요. 저도 기대하고 있어요."

솔직히 백하윤은 입장상 SJ컴퍼니 측이 뭘 만들어 오건 입이 열 개라도 할 말이 없는 상황이었다.

오히려 따지고 보면 이번 일은 백하윤의 일방적인 갑질이 초래한 결과였고, SJ컴퍼니는 이번에 그들로서도 '받아들일 수밖에 없는' 제안을 그럴듯하게 잘 받아 넘긴 것이라고 볼 수 있으니까.

"혹시 제 도움이 필요한 일이 있다면 기탄없이 말씀해 주세요. 저도 손이 닿는 곳까지 도와드릴 테니까요."

"하하, 대표님만 믿겠습니다."

이제 용건도 마쳤겠다, 백하윤이 자신에게 뭔가 골칫덩이를 안길 것 같단 직감을 느낀 천희수는 얼른 자리를 파하고자 화두를 뗐다.

"대표님께 전달드릴 안건은 다 전달 드린 것 같군요. 바쁘신데 시간 내 주셔서 감사드립니다."

"아니에요. 실장님도 바쁘실 텐데 멀리까지 와 주셔서 감사드려요."

"에이, 저희 사장님이면 모를까요, 아무리 바빠도 제가 대표님만 하겠습니까."

"후후, 그런가요. 아 참."

천희수가 달아나기 전, 백하윤이 미소 띤 얼굴로 말을 이었다.

“이왕 여기까지 온 김에 크리스라는 아이랑 인사라도 하고 가시겠어요?”

쩝.

결국 걸려들고 말았군.

하긴, 백하윤쯤 되는 높으신 분이 ‘해라’ 하고 말씀하시면 자신 같은 잔챙이 을은 따라야 하는 것이 숙명인 법.

‘클래식 쪽에 얼마나 대단한 천재가 나타나든 내 알 바는 아니지만…….’

그래도 이왕 이렇게 된 거, 천희수는 이 모든 일의 원흉인 크리스라는 계집애를 한번 보고 가자고 생각했다.

‘나 원, 손주 자랑하는 할머니도 아니고.’

을이 해야 할 일은 ‘예’ 하고 대답하는 일.

천희수는 마지못해 짓는 미소처럼 보이지 않도록 환하게 웃었다.

“……그래도 되겠습니까? 실은 저도 대표님께 부탁드리고 싶었던 참이었지 뭡니까, 하하.”

“그렇군요. 하긴, 이번에는 그 아이 일로 제가 귀사에 누를 끼친 셈이니까요.”

이거 참, 그렇게 말씀하시면 어떤 표정을 지어야 하는지 모르겠는데.

‘뭔가 따로 부탁하실 게 있나? 내 선에서 해결 가능한 문제면 좋겠는데.’

가능하면 '너희 회사에서 내 대신 애 좀 봐라'는 식의 부탁만 아니면 좋겠다고 생각했다.

그도 그럴 게, 얼마 전 김승연이 SJ엔터테인먼트로 합류한 직후 사무실은 윤아름과 김승연의 신경전으로 분위기가 말이 아니었다.

천희수가 이번 출장을 자청한 것도 그 분위기에서 달아나기 위함이 7할은 되었으니까.

'……게다가 우리 회사 휴게실에는 오락기랑 만화책이 즐비하단 소문이 파다하니.'

설마하니 백하윤이 그런 걸 노리고 있지는 않겠지, 하며 천희수가 대답했다.

"아닙니다, 오히려 저는 대표님께서 저희 회사에 좋은 기회를 주신 거라고 생각하는데요."

"말만이라도 그렇게 말씀해 주시니 고맙군요."

아뇨. 솔직히 이번 일은 대표님이 저희 회사에 빚진 거라고 생각합니다.

그래도 이 바닥에서 먹고살고자 하면 그런 말은 맨 정신에 할 수 없는 법이다.

백하윤이 말을 이었다.

"사실 원래는 성진이가 있는 자리에서 정식으로 소개하고 싶었지만요."

"하하, 저희 사장님은 지금쯤 면학에 충실할 시간이니까요.”

결국 천희수는 백하윤을 따라 크리스가 있는 연습실로 향하는 것이 확정되었다.

‘아, 솔직히 애들은 싫은데…….’

하지만 크리스를 보자마자, 대한민국에서 돈 냄새와 인재 냄새 맡는 능력이라면 손에 꼽힐 만한 천희수의 레이더가 작동하기 시작했다.

천희수와 백하윤이 연습실을 방문했을 때, 김유미는 얼마나 울었는지 눈이 발갛게 부어 있었다.

크리스의 연주를 들은 김유미는 결국 크리스가 천재라는 것을 받아들였다.

크리스는 바이올리니스트로서 이미 완성되어 있었을 뿐만 아니라 그녀의 연주에는 ‘울림’이 있었고, 이는 김유미가 음대의 기라성 같은 천재들에게서 보지 못한 재능이었다.

그런 상황이니 김유미가 당장 크리스의 팬이 된 것도 당연한 이야기였다.

하지만 그건 그거고, 김유미는 백하윤과 천희수의 방문에 그제야 제정신을 차리고 시계를 보며 화들짝 놀랐다.

“앗, 벌써 시간이…….”

김유미는 당황해 어찌할 바를 몰라 했지만 대강 상황이 어떻게 돌아간 건지 눈치챈 백하윤은 크리스를 물끄러미 쳐다

보았다.

"……죄송해요."

백하윤으로부터 무언의 압박을 받은 크리스는 어깨를 움츠렸다.

'이거, 너무 가지고 놀았나.'

굳이 변명을 하자면, 백하윤과 합류한 이후 능력을 봉인당한 탓에 그게 한국 땅에서도 여전히 통하는가를 실험한 것이라 할 여지도 있겠지만, 사실은 김유미를 상대로 희로애락을 걸어 보는 게 재밌어서였다.

그런 것과 별개로 크리스를 보자마자 '이 애는 당장 아동복 모델로 나가도 될 정도'라고 생각하던 천희수는 김유미가 울었던 흔적에 '둘이 싸운 건가' 걱정했다.

'유미 씨도 참, 애를 상대로…….'

그런데 왠지 그게 아닌 느낌도 든다.

어쨌건 천희수는 김유미에게 손수건을 건넸다.

"유미 씨."

"감사합니다, 실장님."

코맹맹이 소리를 낸 김유미는 코를 팽 하고 풀었다.

'다음에 만났을 때 돌려달라고 해야겠군.'

잘만 하면 손수건을 핑계로 김유미와 밖에서 만날 구실로 삼을 수도 있겠지만 천희수는 그런 것보다 당장 이 크리스라는 소녀에 흥미가 갔다.

'이 애한테 어느 정도의 재능이 있는지는 모르겠지만, 돈도 안 되는 클래식보다는…….'

천희수의 눈에 크리스는 당장 연기, 또는 좀 더 훈련을 시켜 아이돌로 데뷔시키면 그야말로 돈을 긁어모을 인재로 보였다.

'그전에 미국에서 왔다니 한국어 공부부터 시켜야겠지만…….'

방금 전 '죄송해요' 하고 말하는 발음을 들으니 한국말도 꽤 잘할지 모른다.

천희수가 생각하는 사이 백하윤은 가벼운 한숨을 내쉰 뒤 입을 뗐다.

"크리스, 여기는 SJ엔터테인먼트에서 오신 천희수 실장님이라고 합니다."

천희수?

크리스는 천희수를 보며 눈을 가늘게 떴다.

'설마, 그 천희수인가? 흠, 내가 기억하던 모습에서 좀 더 젊고 마른 편이란 걸 감안하면…….'

이거 참, 천희수가 그 회사로 들어갔다니.

그놈은 무슨 드림팀이라도 만들어 볼 작정인 건가.

'……물론 그 능력에 걸맞은 직책이어야 하겠지만.'

천희수를 보며 크리스 안에서는 '이성진'이 미래의 정보와 지식을 갖추고 있을 것이라는 게 거의 확실시됐다.

천희수는 크리스가 자신을 관찰하듯 물끄러미 바라보는 시선에 헛기침을 했다.

"흠, 흠. Hi. nice to meet……."

"안녕하세요. 천희수 실장님. 크리스티나 밀러입니다. 크리스라고 불러 주세요."

"어라, 한국어도 하니?"

"조금요."

그거 참 다행이군.

영어가 취약이던 천희수는 내심 안도했다.

대강 통성명이 끝난 모양이자 백하윤이 다시 입을 뗐다.

"천희수 실장님, 조금 갑작스럽지만 부탁드릴 게 있습니다."

부탁이라.

백하윤이 자신을 여기 데려올 때부터 뭔가 용건이 있으리란 짐작은 했지만 꽤 단도직입적이었다.

"말씀하십시오. 제가 할 수 있는 일이라면 뭐든 하겠습니다."

"고마워요. 실은 저, 사람들 사이에서 SJ컴퍼니 사옥의 시설이 훌륭하다는 걸 들은 기억이 났거든요."

내숭인지, 아니면 이국만리 어른들 사이에서 눈치를 보는 것인지 크리스는 아닌 척하고 있지만, 그녀에게 악동 기질이 있다는 것쯤은 백하윤도 한눈에 알아보았던 터였다.

그래서 김유미가 붙어 있으면 조금 케어가 가능할까, 생각했는데.

'보아하니 유미 씨는 이미 크리스에게 잡아먹혔군.'

아마 크리스가 연습을 게을리하고 딴청을 피우려고 김유미를 꼬드긴다면, 김유미는 크리스의 유혹에 넘어가 크리스의 손바닥 위에서 놀아날 것이다.

그게 아니더라도 크리스의 거취 문제는 백하윤으로서도 꽤 골칫거리였다.

어제는 곧장 귀국한 여독도 있고 해서 집안에 얌전히 붙들어 둘 수 있었지만, 그것도 하루 이틀 일이지 언제고 계속 이런 식으로 크리스를 방치해 둘 수만도 없는 일인 것이다.

'게다가 그 회사에는 아름 양이며 가희 양, 예은 양도 있으니, 이왕이면 또래 언니랑 있는 게 크리스도 마음이 편할 거야.'

그리고 백하윤은 지금 크리스에게 가장 중요한 건 기교를 익히기 위한 반복 연습보다 다양한 경험이라고 생각했다(백하윤이 보기에도 크리스는 이미 기교적으로는 완성된 상태나 다름없었다).

SJ컴퍼니는 이성진이 온갖 잡다한 일을 다 하고 있다며 자조할 정도로 다방면에 걸쳐 업무를 보고 있으니, 바른손레코드에 붙잡아 두는 것보다는 SJ컴퍼니에서 더 많은 여러 자극을 받을 수 있지 않을까.

한편 천희수는 단박에 백하윤의 의도 일부를 알아챘다.

'아하, 나더러 보모 역할을 하라는 거군.'

표정이 구겨질 뻔했던 천희수는 문득 든 생각에 얼른 사고를 전환했다.

'아니 어쩌면 기회일지도 모르겠어.'

마침 회사 휴게실에는 각종 게임기와 만화책 등의 유희 시설이 즐비하니, 자신이 하루 종일 크리스 곁에 붙어 있을 필요도 없을 것이다.

'꼬맹이들이야 게임기 하나만 있으면 조용해지지.'

그러면서 크리스를 꼬드겨 SJ엔터테인먼트에 합류시킬 수 있다면야, 잠깐의 귀찮음 정도는 감내할 수 있다.

그래도 일단 천희수는 난감하다는 듯한 얼굴을 했다.

"저야 물론 찬성입니다만……."

"아, 혹시 달리 성진 군 허가가 필요하다면 제가 전화를 하겠어요.

"아닙니다. 저도 그 정도 재량은 있습니다. 다만 크리스 생각은 어떨지 모르겠군요."

크리스는 자신을 내버려 둔 채 오가는 두 사람의 이야기를 들으며 생각에 잠겼다.

'오늘? 이렇게 빨리 가게 될 줄은 몰랐는데…….'

아무리 호랑이를 잡으려거든 호랑이 굴로 가라지만 이왕이면 '이성진'에 대한 정보 수집을 마친 뒤에 회사에 가 보고 싶었다.

"그렇군요, 크리스 생각이 중요하죠."

백하윤이 크리스를 보았다.

"크리스, 어때요. 오늘은 천희수 실장님을 따라가 보지 않겠어요?"

"저……."

크리스가 우물쭈물하자 천희수가 씩 웃었다.

"우리 회사에 오면 게임기랑 만화책 잔뜩 있어."

"……아, 네."

전생에도 게임은 한 적이 없고, 만화책이라고 하니 조금 흥미는 가지만.

'이런 일에 시간 낭비할 것 없이…….'

그때 잠자코 있던 김유미가 끼어들었다.

"아, 실장님. 거기 컴퓨터도 있죠?"

"예? 물론이죠. 명색이 소프트웨어 외주 제작도 하는 회사인걸요."

김유미가 빙긋 웃으며 크리스를 보았다.

"잘됐네, 크리스. 거기 가면 컴퓨터도 할 수 있을 거야."

흠, 컴퓨터라.

크리스는 잠시 저울질을 해 보았다.

당초 계획대로 집에서 몰래 빠져나와 PC방을 찾아다니는 수고로움을 감수할 것인가(물론 어떤 식으로든 용돈도 타 내야 하겠지만), 아니면 적진 한가운데로 들어가 정보 수집을 꾀해 볼 것인가.

적진이라는 리스크만 제외한다면 단연코 후자가 압승이다.

'그래, 이성진을 자칭하는 게 뭐 하는 놈인지는 모르지만, 놈은 이미 내 존재를 알고 있는 데다가 마주치는 것도 시간 문제였어. ……흠, 꽤나 일정이 앞당겨지긴 했지만 어차피 할 일이면 지금이라도.'

생각을 마친 크리스가 고개를 끄덕였다.

"네, 그럴게요."

그 시각, 박강호 검사는 정진건 팀 사무실에서 신진물산 압수수색 영장 발부 결과를 초조하게 기다리고 있었다.

그러면서 박강호는 머릿속으로 어제 늦게까지 여진환과 함께 작성한 영장 심사 서류가 미진한 점은 없었는지 거듭해서 검토했지만, 지금으로서는 최선을 다했다는 자위 외엔 떠오르는 감상이 없었다.

'하긴, 장부 내용이 수상하다는 이유만으로 저들이 마약 범죄와 연루되어 있을지 모른다는 건 내가 생각해도 망상에 가깝군.'

새삼 생각하는 것이지만 만일 판사가 '증거 부족'을 이유로 기각을 한다면, 그건 그것대로 아이러니한 일이라고 생각했다.

애당초 압수수색 영장을 발부받는 일이 그 '증거'를 찾기 위함인데, 이래서야 아랫돌 빼서 윗돌 괴는 격이 아니고 무엇이겠는가.

'……뭐, 나 혼자 대한민국 사법 시스템에 불평을 쏟은 들 답이 나오는 것도 아니겠지.'

그나마 기댈 수 있는 여지가 있다고 한다면 신진물산이 그 유명한 조광 그룹의 자회사라는 것과 그들이 창원 등지에서 지역 조폭과 유착하였다는 과거의 정황, 그리고 부활한 광남파가 부산에서 활동하고 있는 듯하단 내용과 더불어 부산에서 실제로 퍼져 나가고 있는 마약의 실체 등등을 들 수 있으리라.

'그래도 기각 한두 번쯤은 각오한 바야. 뭣하면 부산 측과 연계해서 캐낼 수 있는 걸 더 캐내 볼 수 있겠지. 어디 보자, 연수원 동기나 선배 중에 부산 발령 받은 사람이…….'

여진환은 생각에 잠긴 박강호를 보며 쓴웃음을 지은 채 다가와 그에게 커피가 담긴 머그 컵을 건넸다.

"검사님, 커피 타 왔습니다."

"……응? 아, 감사합니다."

박강호는 반사적으로 커피를 한 모금 홀짝였다가 눈을 동그랗게 떴다.

"오……. 이건."

여진환이 건넨 커피 한 잔에 박강호는 복잡한 머릿속이 단박에 정리되는 기분이었다.

"하하, 괜찮죠?"

"이건 괜찮은 정도가 아니라……. 이렇게 맛있는 커피는 처음 먹어 봅니다."

과장이 아니라 정말로.

박강호의 극찬에 여진환이 빙긋 웃었다.

"감사합니다. 얼마 전에 커피를 업그레이드할 아이디어가 떠올라서 적용해 봤는데, 괜찮으신 것 같네요."

"……하하, 이거 참."

여진환은 경찰을 관두더라도 먹고살 걱정은 하지 않아도 되겠다고 생각하며 박강호는 다시, 이번엔 제대로 커피를 음미했다.

그러고 보니, 다들 어디로 갔는지 지금 이 임시 사무실에는 여진환과 자신이 유일했다.

"그런데 다들 어디 갔습니까?"

"아, 예."

여진환은 정진건이 방승혁과 함께 조사를 나갔으며, 강하윤은 따로 자료를 정리하러 잠시 자리를 비웠다는 내용을 전했다.

"그렇군요."

"뭐, 막내인 저는 검사님 덕분에 사무실에서 편히 쉬고 있지만 말입니다."

다른 사람이 없으니 '친구 동생'인 여진환은 그에게 농담까지 던져 가며 여유를 보였지만, 여진환도 역시 초조한 기색은 감출 수 없는지 눈 밑이 시커멨다.

'하긴 내가 불안해하면 여진환에게도 영향이 갈 거야.'

박강호는 의식적으로 여진환에게 미소를 보냈다.

"설령 기각되더라도 너무 낙담하지는 맙시다. 원래 판사들이 하는 일이 그런 거거든요. 검사랑 줄다리기…… 아, 제가 이런 말 했다는 건 진환 씨 큰형님에게는 비밀입니다."

"하하……. 예."

그래, 이후는 천명을 기다리는 것밖에 할 도리가 없다.

"그러면 진환 씨, 기각된다는 전제하에 다음 심사 때 추가로 보강할 만한 내용이 있을까요?"

"음, 이왕이면 부산 쪽에서 압수한 증거품이나 증언 기록이 없을지 협조를 구해 볼 수 있으면 좋겠습니다."

"좋군요. 부산 경찰 측이 협조적인가 봅니다?"

"부산은 마약 범죄의 수문장 역할이니까요. 이번 사건은 그들 자존심에도 스크래치를 낸 일이니……."

그때 박강호의 핸드폰이 울리자 두 사람은 마치 짠 듯이 입을 다물었다.

박강호는 탁자에 머그컵을 내려놓은 뒤, 전화를 받았다.

"여보세요. 박강호 검사입니다."

–검사님, 안녕하세요. 검사 사무실입니다. 영장 심사 결과가 나왔습니다.

"그래요? 어떻게 됐습니까?"

박강호는 별 기대 없이 심드렁하게 물었지만, 여직원의 대답에 그는 눈을 동그랗게 떴다.

–영장이 발부되었습니다.

"……예? 정말입니까?"

–네. 판사님께서는 이번 영장이 아직 추측 차원에 머물러 있기는 하나, 압수수색의 근거로는 충분하다고 판단하셨습니다. 따라서…….

"아닙니다. 곧 거기로 가겠습니다. 이따가 뵙죠."

–네, 검사님.

전화를 끊은 박강호는 어안이 벙벙한 얼굴로 여진환이 타 준 커피를 홀짝였다.

'이게 되네?'

그러면서 박강호는 무심결에 여진환을 보았다.

"저, 어떻게 되었습니까?"

"발부되었습니다."

"정말입니까?"

흠, 자신 못지않게 놀라는 걸 보니 여진환이 따로 손을 쓴 기색은 없어 보인다.

'검사 복은 판사 복이라더니, 일이 꽤 잘 풀리는걸.'

그렇게 되었으니 더는 지체할 필요가 없다.

“그렇게 됐으니 저는 일단 사무실로 가 보겠습니다. 진환 씨는 팀원들을 소집해서 대기해 주십시오.”

“예!”

할 말을 마친 박강호는 성큼 걸음으로 사무실을 나섰다.

‘하지만 마냥 좋아할 일은 아니군.’

이제 일감이 쏟아질 일이 기다리고 있을 테니까.

그럼에도 불구하고 복도를 걷는 박강호의 얼굴에는 미소가 가득 번져 있었다.

그 시각, 광금후는 고(故) 조성광 회장 저택에서 멀지 않은 교외의 찻집에서 조세화와 만나고 있었다.

이곳은 조성광 회장의 생전, 저택의 고용인들이 자주 드나들던 곳으로 광금후를 집에 들이고 싶지도, 그렇다고 안전이 보장되지 않는 장소를 택하고 싶지도 않던 조세화가 고용인들에게 물어 알아낸 장소였다.

좁은 가게 안은 조세화와 광금후 단 두 사람만이 남았고, 두 사람이 데려온 수행원들은 가게 밖을 서성이는 것만으로도 다른 사람이 오지 못하게 막았다.

은퇴 후 교외에서 한적한 찻집을 경영하는 것이 인생 늘그

막의 낙이던 주인장은 가게 앞 주차장에 들어선 검정색 세단들과 검은 양복 차림의 남자들을 어떻게 해석해야 할지 몰라 난감해하는 기색이었지만, 조세화의 수행원이 내민 사례비를 받곤 입을 다물었다.

어차피 교외에 자리 잡은 이 가게에 평일 오전부터 올 손님은 없는 것이나 다름없었으니까.

한편 조세화는 주인장에게 폐를 끼치고 말았단 미안한 마음에 그냥 평소처럼 호텔을 이용할 걸 그랬다고 뒤늦게 자책했지만, 그 후회의 감정을 내색하지 않으며 광금후의 인사를 받았다.

"세화야, 오랜만이구나."

가증스러운 인간.

조세화는 광금후가 친근한 듯 '세화야' 하고 부른 호칭에 표정이 바뀔 뻔했지만 간신히 참았다.

"안녕하세요, 광 사장님."

"음, 장례식 때 보고 처음이구나. 그래, 그동안 별일은 없었고?"

"예……."

"혹시라도 어려운 일이 있으면 내게 말하려무나. 이 아저씨가 힘닿는 곳까지 도와줄 테니까."

자신에게 닥친 힘든 일 태반의 원흉이 그런 말을 하니, 조세화는 속이 메슥거릴 지경이었다.

'마음 같아선 이대로 사람들을 시켜 차 트렁크에 집어넣고 싶어.'

하지만 그래서는 안 된다.

조세화의 목적은 단순히 부친의 복수에 그칠 것이 아닌, 회사를 지키는 것을 고려해야 했으므로.

"말씀만이라도 감사드립니다."

"뭘. 내가 회장님께 받은 은혜를 생각하면 네게 뭘 해 주어도 부족할 지경인데."

어찌 인두겁을 쓰고 감히 그런 말을.

감정을 억누른 조세화는 담담한 얼굴로 고개를 끄덕였다.

"예."

얼른 본론으로 들어가 이 자리를 뜨고 싶은 마음이 간절한 조세화는 직후 말을 이었다.

"저도 하루빨리 광 사장님의 연락에 응하고 싶었습니다만, 요즘에는 그럴 여건이 없어서요. 죄송합니다."

"아니다, 너도 이래저래 바쁠 것이니 네가 사과할 일은 아니지."

빙빙 꼬지 말고 본론으로 가 주었으면 좋겠는데.

"그래, 요새는 어떻게 지내고 있느냐? 이 시간에 학교도 가질 않고서."

간단한 안부에 조세화는 슬쩍 정보를 흘렸다.

"학교는 유학 준비로 바빠서 양해를 구해 두었어요."

"유학?"

조세화가 아랫입술을 살짝 깨물었다.

"네. 지금은 그러고 싶어서……."

유학이라?

'이거, 잘만 하면 저 계집애한테서 경영권을 빼어 올 수도 있겠군.'

광금후는 소문에 들리던 내용이 조세화의 입을 통해 전달되자 덩실덩실 춤이라도 추고 싶었지만, 그걸 참느라 애썼다.

하긴, 기자 놈들이 어떤 작자들인가 하는 걸 생각하면 조세화가 멀쩡히 한국 땅을 밟고 있기 힘들 터.

"부…… 어머님은 동의하셨고?"

'부모님'이라 물으려던 걸 정정하는 걸 조세화는 모른 체했다.

"네."

조세화의 모친은 요즘 술독에 빠져 지내느라 속세를 등지다시피 하고 있었다.

그녀는 애당초 조세화에게 모성애라는 것이 존재하지 않는 것처럼 대했고, 수감 중인 조세광에 대해선 계모라는 입장 때문인지 아예 그를 없는 사람 취급하던 인물이었다.

하지만 조세화는 그런 그녀를 이해해 주기로 했다.

"그래, 네 선택이 그렇다면야. 다만 그렇다고 하니 네 선택을 존중하는 것과는 별개로 조금 무거운 이야기를 해야겠구나."

"듣겠습니다."

"그래. 나도 세화 너 같은 어린아이는 이런 이야기를 몰랐으면 했지만, 솔직히 말하마. 요즘 회사 분위기가 말이 아니란다."

광금후는 숫제 조세화를 얕잡아 보며 그런 말을 하는 중이었다.

"그 정도인가요?"

"음. 회장님에 이어……. 네 앞에서 이런 말을 하긴 미안하구나. 사장님까지 그렇게 되시고 난 뒤 회사에는 구심점이 사라진 상태란다. 구심점, 알고 있니?"

"네, 알고 있어요."

"똑똑하구나. 아무튼 이런 상황이지만 이 아저씨는 어떻게든 회사를 원상태로 복구하기 위해 두 팔을 걷어붙이고 나서고 있다만 나도 늙어서 그런가, 어째 쉽지 않단다."

"……."

말이야 바른 말이지, 이 기회를 틈타 회사를 장악하려고 하는 인간이 자신의 사욕을 그런 식으로 포장하는 일에 조세화는 표정 관리가 힘들었다.

다만 거품을 걷어 내고 광금후가 말한 '회사가 어렵다'는 내용만큼은 사실이었다.

조성광의 사망이야 그 어제오늘 하던 상태로 인해 다들 어

느 정도 대비는 해 두고 있었지만, 연거푸 일어난 조설훈과 조지훈의 죽음은 조광 그룹 입장에선 청천벽력 같은 일이었다.

경찰은 이 (보고서에 나온 내용만으로도)사건의 사회적 파장을 의식해 구체적인 내용을 밝히지는 않았으나 낮말은 새가 듣고 밤말은 쥐가 들으며 발 없는 말이 천 리를 가는 법이다.

이미 경찰 측에 인맥이 있거나 가십거리에 눈이 벌건 기자들은 이 미스터리한 비극에 대한 보고서 내용을 입수했고, 그들은 '조지훈이 조설훈을 살해한 뒤, 경찰과 총격전을 벌인 끝에 그도 유명을 달리했다.'는 내용을 곧이곧대로 받아들였다.

조지훈이라고 하면 조광의 핵심 경영자 중 한 사람이니, 조광 그룹 입장에선 기업 이미지의 실추를 막기 위해 여기저기 입막음을 하러 분주하게 뛰어다녔지만 호미로는 봇물을 막을 수 없다.

심지어 요새는 '인터넷'이라는 것이 있다 보니, 알 만한 사람은 이미 조광 그룹의 상속권을 두고 벌어진 존속살해란 자극적인 사건에 대해 저마다 토론과 논쟁을 벌이는 중이었다.

이런 상황에서 하루아침에 비극의 주인공이 되고 만 조세화에 대한 세간의 관심은 뜨거웠다.

그러니 조세화가 학교를 쉬고 유학을 가겠다고 한 것 또한 그런 세간의 관심을 피하기 위해서라고 광금후가 받아들인 것 또한 자연스러운 일이었다.

다시 이야기를 회사로 돌려, 현재 광금후가 회사 내에서

득세할 수 있었던 것은 이러한 경찰 보고서가 상층부에서 한 바퀴 돌았던 것과 무관하지 않았다.

사안의 내용이 내용이다 보니 (사실과 달리)조지훈은 제 친형을 살해한 호로 자식이 되었고, 그러다 보니 조설훈 다음 가던 조지훈 파벌은 당당히 목소리를 내기는커녕 하루아침에 증발(그래서 조지훈의 유족들은 조세화가 받은 유산에 대한 이의 제기를 할 생각도 못 하고 죄인처럼 숨어 지내고 있었다).

남아 있던 조설훈 파벌은 '지금 우리만이라도 조설훈의 유지를 이어야 한다'고 주장하는 세력, '조세화는 조설훈의 딸이니 그녀에게 힘을 몰아주어야 한다'고 주장하는 세력, '이 모든 게 상속 계승제인 것이 문제이니 우리도 전문 CEO를 임명해야 한다'고 주장하는 세력 등으로 나뉘었다.

각각의 파벌이 주장하는 내용은 나름대로 명분이 있었고, 거기서 광금후는 전문 CEO 영입 찬동 세력과 조세화 지지 측 사이에서 이간질을 하며 제 잇속을 챙긴 것이다.

물론 어느 쪽이나 명분과 달리 제 사리사욕을 채울 근거로 내용을 제시한 것은 다를 바 없어서, 심지어 지금 조세화를 지지하는 세력조차도 아직 어리고 멋모르는 어린애를 앉혀 조광 그룹을 통치해 보잔 노림수라는 걸 조세화도 모르지 않았다.

그리고 태풍의 눈인 조세화가 지금 두문불출하며 사태를 지켜보는 것 외에 할 수 있는 일이 아무것도 없는 상황에 광

금후가 찾아온 것이 현 상황이었다.

광금후는 주인장이 내놓은 국화차를 한 모금 마신 뒤 다시 입을 뗐다.

"그런 상황이다 보니 이대로 가다가는 회장님이 세우신 회사가 사분오열하는 것도 시간문제일지 모르고……. 회사에는 새로운 구심점이 필요하게 되었다."

그 구심점이 자기 자신이 되리라는 건 말하지 않아도 알겠다.

하지만 조세화는 모른 척하며 불안한 눈으로 광금후의 말을 받았다.

"혹시 저더러 회사를 경영하란 말씀이신가요?"

"……음?"

이 꼬맹이가 웃기지도 않는 소릴.

광금후는 실소가 나오려는 걸 간신히 참았지만, 웃음이 새어 나가고 말았다.

"아, 미안하구나. 웃을 생각은 없었는데."

광금후가 변명했다.

"물론 세화 네가 조광 그룹의 대표가 되는 것만큼 좋은 일은 없겠지. 하지만 우리나라 법이 그걸 가로막고 있단다."

이미 알고 있는 사실이었지만, 조세화는 처음 듣는 이야기라는 듯 되물었다.

"……그런가요?"

"그래. 이놈의 법이 뭔지……. 그러니 세화 네가 할 수 있는 건, 네가 가진 회사에 대한 권리, 즉 세화가 가진 주식을 다른 사람이 잘 사용할 수 있도록 하는 거다."

이거 꽤나 단도직입적으로 나오시네.

조세화는 비아냥거리고 싶은 걸 참으며 광금후의 말을 받았다.

"그러면 혹시 광 사장님께서는 제가 가진 지분을……."

'양도'라는 말을 하려다가 그건 조금 전문적인 것 같아 단어를 바꿨다.

"……넘겨달라고 말씀하시는 건가요?"

"그럴 리가."

광금후는 속내와 달리 손사래를 쳤다.

물론 그건 광금후도 바라마지 않는 일이지만, 이 상황에 조세화가 덥석 지분을 양도한 걸 받아먹는다는 건, 독이 든 성배를 손에 쥐는 것이나 다름없다.

그러니, 아직은 때가 아니다.

"그건 아니다. 나는 세화 너만 괜찮다면 네가 어른이 될 때까지 후견인이 되어 주마 제안하는 거란다."

"후견인요?"

"그래. 세화 네가 어른이 될 때까지 이 아저씨가 조광 그룹의 경영을 책임지겠다는 뜻이다."

광금후가 인자한 할아버지처럼 빙그레 웃으며 말을 이었

다.

"그러다가 나중에 세화 네가 유학을 마치고 어른이 되어 돌아오거든, 빌려간 지분은 모두 돌려주마. 그리고 그때 아저씨와 함께 회사를 경영해 보는 거다. 어떠냐?"

이 무슨 씨알도 안 먹힐 소리를.

차라리 아이한테서 세뱃돈을 뺏어 간 엄마가 크면 돌려준다고 한 말이 더 신빙성이 있을 것이다.

조세화는 '그럼 계약서를 쓰시든가요' 하고 이죽거리고 싶은 걸 참으며 대답했다.

"저에게 과분한 제안이고 감사한 말씀입니다만, 지금 당장은 힘들 것 같아요."

"음? 힘들 것 같다니. 세화야, 이 일은 차일피일 미뤄 둘 수 없는 일이란다. 가능하면 얼마 뒤에 있을 주주총회 전에 처리해야 하지."

"저도 그건 알 것 같아요. 하지만 예전부터 나오던 이야기가 있어서……."

광금후가 미끼를 물었다.

"무슨 이야기 말이냐?"

"실은 아버지께서 돌아가시기 전에 삼광 그룹과 합자회사를 설립하려 하셨거든요."

합자회사? 삼광 그룹이랑?

"저도 최근에야 알게 된 사실이에요. 아, 정확히는 삼광 그룹이 아닌 삼광전자의 자회사인 SJ컴퍼니란 곳이지만요."

"……."

"그래서 얼마 전에는 그 일로 이휘철 전 회장님도 뵈었어요."

조세화가 이런 상황에 거짓말을 할 까닭은 없으니 광금후는 차를 다시 한 모금 마셔 떨떠름한 얼굴을 찻잔으로 가렸다.

'씁, 그런 일이 있었단 말이지?'

하필이면 지금 이럴 때.

'그러잖아도 요즘 그 집안 꼬맹이랑 어울려 다닌다더니, 이런 밑밥이 깔려 있었던 거로군.'

일반 투자자라면 모를까, 이건 광금후에게는 악재일지도 모르는 정보였다.

광금후도 그를 직접 본 적은 없지만, 이휘철이 누구라는 건 이 시대 대한민국 국민이라면 누구나 알고 있다.

그는 맨손으로 시작해 성공한 기업인의 대표인이며, 그가 설립한 삼광 그룹은 현재 국내에서 다섯 손가락 안에 꼽히는 대기업으로 거듭나 있었다.

그것만 하더라도 충분히 대단하지만 지금 이휘철이란 인물을 더 눈여겨보아야 할 이유는 '대한민국 1세대 대기업 회장'이라고 분류할 만할 거물급 중, 영향력을 발휘할 인물은 그가 유일하다는 점일 것이다.

라이벌로 꼽히는 금일 그룹의 초대 회장인 곽인회는 사망한 지 오래이며 그 경영권이 왕자의 난을 거쳐 차남인 곽한섭에게 돌아갔다는 내용은 유명하다.

하지만 그런 만큼 '라이벌'이라고는 하나 그보다 좀 더 아랫세대인 곽한섭은 이휘철에 비하면 다들 몇 수 아래로 쳐주는 것이 현 실정.

그 외 국내 재계 1순위인 한대 그룹의 진주영 초대 회장은 이제 아흔을 바라보는 나이에 수행원이 부축하지 않으면 발걸음도 떼기 힘든 노인네였고, 그들에 비하면 상대적으로 급수는 조금 떨어지지만, 조광 그룹의 조성광도 오랜 기간 병치레를 앓다가 얼마 전 숨을 거두었다.

반면 이휘철은 그 공식 은퇴 석상에서 얼마 전 병치레를 앓았다는 것이 무색할 정도의 정정함을 매스컴에 과시한 바 있었으니, 은퇴를 발표했다고는 하나 이휘철은 아직 현역에 있어도 무방했다.

'그러니 이제 이휘철은 명실상부 세간에 영향력을 발휘할 수 있는 유일한 대한민국 초대 기업인으로 남은 것이지.'

그런데 눈앞의 조세화가 그 이휘철 본인까지 만났다니, 광금후는 심경이 복잡했다.

'그렇다면 소문이 사실인 건가?'

소문에 의하면 이휘철은 삼광 그룹 회장직에서 물러나고 얼마 지나지 않아 SJ컴퍼니라는 회사의 경영고문이 되었다고 했는데, 그 SJ컴퍼니가—독자인 이휘철이 사장으로 있는—삼광전자의 자회사라는 건 익히 알려진바.

게다가 얼마 전에는 SJ컴퍼니 사옥에 모습을 보였다는 후속 소문마저 뒤따랐다.

즉, 이는 이휘철이 SJ컴퍼니의 실질적인 지배자란 의미일 것이다.

그러다 보니 최근엔 이휘철의 은퇴란 표면상의 이유에 불과하고, 실은 SJ컴퍼니를 통해 배후에서 삼광전자를 조종하고 있다는 소문에 살이 붙은 상황이었다.

'……빌어먹을, 조설훈 이 새끼는 죽어서도 도움이 안 되는군.'

광금후가 떨떠름한 속내를 감추며 물었다.

"그렇다면 세화야, 그 합자회사 설립 건은 사장님이 돌아가신 뒤에도 계속 유효한 게냐?"

"네. 이미 한참 진행된 일이니 돌이키기엔 감수할 리스크가 크다는 이야기를 들었어요. 또, 저희 할아버지께서도 사업가는 신의가 중요하다는 말씀을 해 주신 적이 있으니, 할아버지가 살아 계셨더라도 그 일을 없던 일로 물리지는 않으셨을 거 같아요."

광금후가 고개를 끄덕였다.

"이거 참, 네 앞에서 할 말은 아니다만 이번 사안은 신중하게 접근해야 한다."

"신중하게요?"

"그래. 아무리 신의가 중요하고 계약이 중요하다지만, 네가 지금 가진 지분은 조광 그룹의 지분이지 삼광 그룹의 지분이 아니란다. 세화 네가 삼광 그룹과의 합자회사에 참여하려면 네 지분을 팔아야 할 수도 있는 것이야."

광금후는 그런 식으로 에둘러 조세화를 설득하려 했다.

광금후 입장에서는 조세화의 지분을 떼어 내 가며 만들, 조광 그룹에서 간섭하기 힘든 독립적인 사업체가 생기는 일 자체가 께름칙했던 것이다.

그런 광금후의 꿍꿍이속을 알고 있는 조세화는 조금 단호해질 수밖에 없었다.

"그건 저도 알고 있어요. 하지만 저는 아버지께서 시작하신 일을 완성하고 싶어요. 그리고 삼광 그룹과의 합자회사는 조광 그룹의 미래에도 좋은 영향을 줄 것 같고요."

"흠……."

조세화가 조금 단호했나, 하고 생각하고 있으려니 광금후가 진지한 얼굴로 입을 뗐다.

"세화야, 네가 아직 어려서 뭘 모르는 모양인데, 이런 일은 감정으로 결정할 수 있는 게 아니란다. 현실적으로 생각해 봐야 해."

"……."

"그래, 마침 유학을 떠난다고 했지. 네가 유학을 가면 누가 너를 대신해서 회사를 돌봐줄 것 같으냐? 네가 어른이 될 때까지 기다릴 수 있는 거냐? 네가 돌아오면 다시 지분을 돌려줄 사람이 있을 거라고 믿는 거냐?"

말이 조금 빨라진 걸로 보아, 광금후는 이번 합자회사 계획에 똥줄이 타는 모양이었다.

그래서 광금후는 '굳이 해야 할 필요가 없는' 말까지 뱉고 말았다.

"세화 네가 요즘 그 집안 꼬마랑 친하게 지내고 있다는 건 나도 들어서 알고 있다만, 엄밀히 말해서 삼광 그룹은 남이야."

흥, 그걸 생판 남인 그쪽이 할 말인가.

"그리고 이번 일을 계기로 그쪽에서 너를 조종해 조광의 소유권을 좌지우지하려는 속셈이 없으리라고는 장담할 수 없는 거란다. 사업은 냉정한 거거든."

광금후도 단호했다.

그래서 조세화는 이번에 이성진의 말을 듣지 않고 곧장 주주총회에 참석해 이번 안건을 발표했었다간 큰일이 났으리라 생각하며 내심 안도했다.

그렇다고는 하나, 마음 같아선 부친의 원수인 광금후가 꼴도 보기 싫지만, 지금은 광금후를 설득할 필요가 있었다.

회사를 지키기 위해서, 그리고 원수의 손에 가족이 일궈낸 회사를 넘기지 않기 위해서라도.

"아뇨, 그렇지는 않을 거예요."

조세화의 말에 광금후도 퍼뜩 정신을 차리고 난처한 얼굴을 했다.

"흠, 흠, 아니, 내 말은 꼭 그렇다는 게 아니고, 어디까지나 가능성 측면에서……."

"음, 제 말은 이휘철 회장님께는 그럴 의사가 없어 보였다는 의미예요."

조세화의 대답에 광금후가 어리둥절해했다.

"그건 무슨 소리냐?"

"실은 어르신을 뵈었을 때……."

조세화가 광금후를 힐끗 살피며 말을 이었다.

"……그분께 저희 그룹 CEO를 맡아 주실 수 없느냐 제안을 드렸거든요."

광금후는 순간적으로 호흡곤란이 올 뻔했다.

'염병, 조광 그룹을 이휘철 그 늙은이한테 넘기려 했다고?'

조세화는 광금후의 그런 표정에 소소하게나마 한 방 먹인 것이 이 불쾌한 상황에서 그나마 유쾌했지만, 그녀는 연기에 꽤 소질이 있는 편이었다.

"아, 물론 어르신께서는 거절하셨지만요."

"……그렇구나."

광금후는 안도했다.

하지만, 달리 생각해 보면 그건 안도할 만한 일인가?

'세상 물정 모르는 꼬맹이가 회사를 넙죽 바친다는데 그걸 거절해?'

노망이 나지 않고서야 어떻게 그런…….

'아.'

광금후의 머릿속에 퍼뜩 깨달음이 왔다.

이휘철에 대한 세간의 평가는 양면적이다.

누군가는 대기업 회장답지 않은 소탈한 모습이 호감 간다고도 하고, 누군가는 피도 눈물도 없는 냉혈한이라고도 했다.

광금후는 물론 후자를 믿었다.

구멍가게 사장도 아니고, 하물며 대기업을 경영하는 건 결코 쉬운 일이 아니다. 세간에 알려진 좋은 사람이라는 건 이휘철이 만든 대외 이미지일 것이 분명했다.

그리고 분명 이휘철은 조세화라고 하는 다이아몬드를 손에 쥘 수 있는 기회를 놓치려 하지 않으리라.

그런데 그가 왜 이번 자리를 마다했을까.

이는 이휘철이 공식적으로 회장직을 내려놓은 주제에 배후에서 SJ컴퍼니를, 나아가 삼광전자를 조종하고 있다는 소문을 생각하면 앞뒤가 맞아떨어졌다.

'과연. 이휘철은 지금 조광의 CEO에 앉아 봐야 별 재미를 못 볼 거라고 생각한 건가.'

삼광 그룹을 대표하는 여러 계열사 중, 삼광전자를 제외하면 그의 숙질이나 전문 CEO 등이 경영 중이다.

이는 천하의 이휘철이라 할지라도 그룹을 완전히 장악하는 일에는 실패했다는 의미이며, 그러기에는 회사가 너무 커버렸다.

이휘철은 그중 자신의 아들이 경영하는 알짜배기인 삼광전자만을 선택해 이에 집중한 것이다.

그래서일까, 이휘철의 은퇴 이후 삼광전자는 전에 없는 파격적인 행보와 성공을 차근차근 밟아 가고 있으니, 이는 모두 그 순간을 대비해 총알을 아껴 둔 것이 틀림없으리라.

'이휘철은 아직도 건재한 거야.'

그런 의미에서 보면, 이휘철이 조광 그룹 내부 사정을 속속들이 알지 못한다는 점이 호재로 작용했다.

만약 이휘철이 조설훈과 조지훈 두 형제의 죽음에 얽힌 비밀을 알고 있다면, 조광 그룹 CEO 자리에 앉아 오갈 곳 없는 조지훈 파벌을 흡수하기만 해도 영향력을 발휘할 수 있었을 터.

'그런 걸 몰랐다는 건 천만다행이군.'

다만, 이휘철도 만만치는 않은 것이 그는 현 상황에서도 조광의 CEO라는 직함보다 합자회사라는 실리를 챙기려 하고 있는 것이다.

'허수아비 CEO가 되느니 합자회사를 통해 조광 그룹이 가진 실속을 챙기고, 나아가 조광 그룹을 내부에서 갉아먹을

심산인 거겠지.'

그렇게 생각했더니 등줄기에 식은땀이 흘렀다.

'즉, 이휘철이 이 정도 집착을 보이고 있다는 건, 설령 이번 합자회사 건이 무산되더라도 소송을 걸거나 해서 이쪽을 귀찮게 만들 것이 틀림없어.'

이휘철이 이런 조광 내부 사정을 알게 된다면 거절했던 CEO 임명 건도 다시 들고나올지 모른다.

그렇다면 여기서 자신은 어떻게 해야 할 것인가.

'……이렇게 된 이상 합자회사 건을 승인하는 대신 조세화를 내 것으로 못 박아 둘 수밖에 없군.'

마침 하늘이 도운 것인지, 눈엣가시 같던 구봉팔도 그 모양 그 꼴이 나고 말았으니, 자신이 조광을 장악했을 때 감히 맞설 존재는 없다고 봐도 좋을 지경이다.

'조설훈이 죽었단 소식을 들었을 때도 그랬지만, 나도 참 운이 좋군그래.'

광금후도 이휘철을 적으로 돌리는 일 만큼은 사양하고 싶었다.

그러니 팔 하나를 내주고 몸통을 건진다면 이 상황에서는 최선의 방안이 아닐까.

그리고 자신이 조세화의 후견인이 되기만 하면 삼광 측과의 합자회사 건도 어떻게든 넘겨볼 수 있으리라.

'이휘철이 얼마나 대단한 인간이건, 결국엔 운이 따라 주는

내 승리로군.'

생각을 마친 광금후가 고개를 끄덕였다.

"어쨌건 그렇다고 하니 합자회사 건은 무를 수 없겠구나. 다만."

광금후가 말을 이었다.

"그럴 일은 없겠지만 만에 하나를 대비해야지. 할 수 있다면 합자회사의 경영권은 세화 네가 조광 그룹에서 과반 이상의 지분을 가지는 쪽으로 진행해 주면 좋겠구나."

얼추 넘어왔네.

조세화는 넙죽 고개를 끄덕이는 대신 조심스레 물었다.

"꼭 그렇게 해야 하나요?"

그때 광금후의 재킷 안주머니에서 핸드폰이 울렸다.

'씁, 이 중요한 순간에.'

대포폰은 바지 주머니에 들어 있으니, 안주머니에서 울리는 건 그 명의의 핸드폰이다.

그러니 그렇게 중요한 일은 없을 터.

'뭐가 됐건 지금 이 순간만큼 중요하지는 않을 터이지.'

광금후는 조세화에게 눈짓으로 양해를 구한 뒤 핸드폰을 열어 종료 버튼을 누르고 말을 이었다.

"음. 지금은 세화 네 사정을 먼저 생각해야지. 아무리 합자회사라고는 하지만, 세화 네가 유학을 떠나 있으면 사실상 삼광 쪽에서 그 합자회사를 전담하는 것이나 다름없게 될 것이야.”

또다시 핸드폰이 울렸다.

광금후는 짜증을 참으며 다시 핸드폰을 껐다.

“이거 참, 계속 귀찮게 하는구나.”

“아니에요, 괜찮아요.”

“고맙다. 아무튼…….”

또다시 신호.

광금후가 핸드폰을 신경질적으로 열었다 닫아 끊은 뒤 말을 이었다.

“……그리고 그러려면 세화 네가 유학을 떠나 돌아오는 동안 합자회사가 방만한 경영을 하지 않도록 책임지고 감시할 눈이 필요하단다. 삼광 그룹이 대단한 회사이긴 해도 유통 사업에는 초보나 진배없으니, 우리 쪽에서 노하우를 일러 주는 조건이라고 하면 그쪽에서도 할 말은 없겠지.”

저런 걸 보면 나쁜 일에는 머리가 참 잘 돌아가는구나 싶다.

조세화가 고개를 끄덕였다.

“알겠어요. 광 사장님 말씀대로 할게요.”

“그래. 또한 그렇게 하려면 가장 중요한 문제가…….”

광금후가 조세화의 후견인 문제를 다시 언급하려고 하는 순간, 또다시 핸드폰이 울렸다.

‘이 빌어먹을 것이!’

광금후는 표정을 일그러트렸다가 조세화 앞임을 자각하곤 헛기침을 했다.
“아무래도 중요한 전화인 것 같으니, 잠시 받고 와도 되겠느냐?”
마음 같아선 아예 이 중요한 순간을 방해한 핸드폰을 분질러 버리고 싶었지만, 그래서야 조세화에게 겁을 줄 뿐이다.
“네, 알겠습니다.”
“그래, 그럼 잠시.”
광금후는 핸드폰을 꾹 쥐고 자리에서 일어나 성큼 걸음을 걸어 조세화의 시선이 닿지 않는 곳까지 갔다.
그러는 와중에도 핸드폰은 계속해서 울려 대고 있었다.
‘별거 아니기만 해 봐라, 아주 그냥…….’
광금후가 밖으로 나와 전화를 받았다.
“여보세요.”
–사장님, 큰일 났습니다!
비서의 전화였다.
광금후는 얼마나 대단한 일이기에 이놈이 부랴부랴 전화를 다 걸었나, 미간을 찌푸리며 물었다.
“뭐냐.”
–경찰이 들이닥쳤습니다!
“……경찰?”
경찰이라고 하니 저번에 찾아온 정 뭐시라는 놈이 또 찾아온 건가, 생각하며 입에 담배를 물었다.

'저번에 챙겨 둔 봉투, 줄 걸 그랬나.'

광금후가 생각하는 사이, 비서가 말을 이었다.

-그것도 압수수색 영장을 들고요! 얼른 와 보셔야 할 거 같습니다.

툭.

광금후가 입에 문 담배가 바닥에 떨어졌다.

4장

천희수의 차를 타고 분당의 SJ컴퍼니 사옥으로 향하며, 크리스는 그에게 이것저것, 귀찮을 정도로 집요하게 질문을 던져댔다.

"SJ엔터테인먼트는 언제 설립했나요?"

"오빠(아저씨라 불렀더니 천희수가 식겁하며 오빠라 부르라고 했다)는 회사에서 뭘 하시나요?"

"회사에 소속된 연예인은 누가 있나요?"

"사장님은 어떤 분이시죠?"

……등등, 천희수는 크리스의 질문을 받아 주며 왠지 크리스가 단순히 한국말을 잘하는 수준 정도가 아니라, 한국인 중에서도 크리스 또래 중에는 이 정도로 한국말을 잘하는 아

이는 없지 않을까, 생각했다.

사실 크리스 입장에서는 오히려 질문을 자제한 편으로, 그녀도 마음 같아서는 회사의 평균 급여 수준이며 코스닥 상장 여부, 경영 구조, 오너가 보유한 주식의 지분 등을 묻고 싶었다. 그래도 상기 질문에서 크리스는 SJ엔터테인먼트에 대한 대략적인 내용을 파악할 수 있었다.

'SJ엔터테인먼트의 설립 자체는 어느 정도 우연에 기인했군. 즉, 윤아름을 콩쿨에서 우연히 만나 인연을 이어 갔고, 그때 백하윤을 통해 현재 전무이사로 재직 중인 마동철을 만났다……. 어제 김유미에게 들은 SBY라는 남성 아이돌 그룹은 지금 자리에 이르기까지 꽤 난항을 겪은 편.'

다만 그들이 구체적으로 어떤 과정과 절차를 밟아 왔는가 하는 부분은 크리스를 아직 꼬맹이라 생각해서 그런지, 표면적인 내용만 전해들을 수 있었다.

'어쨌건 현재 소속된 대표적인 연예인은 SBY란 놈들이랑 윤아름, 김승연 정도로군. 스케일이 크다면 크다고도 할 수 있겠지만 소수정예야.'

그중 크리스가 주목한 건 장래 거물이 될 윤아름의 존재와 현재 가장 잘나가는 여배우 중 하나인 김승연이 SJ엔터테인먼트에 소속해 있다는 점이었다.

'윤아름만 놓고 보자면 연예계에 아무런 기반도 없는 미래인이 미래의 지식을 가지고 장기투자를 한 거라고 볼 수 있

지만…… 이 시기의 김승연을 기용했다는 건 그렇지만도 않단 의미인가?'

SBY의 성공에 대해서는 '성공할 수 있는 공식'을 철저히 따르면 가능하다고 보지만, 김승연 같은 까다로운 거물 배우를 기용하는 건 그 바닥에서 어느 정도 입지가 있지 않고선 힘든 일이다.

'혹시 섹스테이프로 협박이라도 했나?'

크리스는 그렇게 생각하며 '김승연을 어떻게 꼬셨는가' 하는 걸 묻고 싶었지만 꾹 참았다.

그도 그럴 것이 크리스는 지금 이제 막 미국에서 건너와 처음 한국 땅을 밟았다는 설정이니 '한국의 배우 누구'라는 식의 이야기를 들어 봐야 공감을 할 수도 없는 것이다.

'하다못해 20년 뒤의 상황에서 내가 윤아름에 대해 들었다면 아는 척이라도 해 볼 수 있겠지만 말이야.'

어쨌건 천희수의 이야기에서 들은 이성진이라는 놈은 일단 오는 기회를 마다하지 않고 붙잡고 보는 놈이라고 생각했다.

'그러는 걸 보면 의외로 사업에 소질은 있어 보이는군. 어디 아무 길거리에서 굴러먹던 놈은 아니야.'

크리스 딴에는 분당까지 가는 동안 최대한의 질문을 던졌지만 천희수도 모든 걸 아는 건 아니어서, 그가 알지 못하는 건 크리스도 파악할 수 없었다.

'다만 효율성 측면에서 보자면 별로 좋지 못하군. 나라면

벌써부터 윤아름을 기용하느니 윤아름이 슬럼프에 빠져 헐값에 나왔을 때 끌어들였을 텐데 말이야.'

게다가 들으니 윤아름은 SJ엔터테인먼트에 소속되면서부터 커리어에 일체의 흠집도 없이 탄탄대로를 걷는 모양이었다.

'그래서야 나중에 윤아름의 몸값만 올라가지 않으려나.'

그런 의미에서 놓고 보자면 경영자로서 이성진은 크리스의 기준에 부합하지 않는 편이었다.

'……어디까지나 내가 다시 그 상황에 처하면 그러겠다는 의미지만.'

스스로 생각하기에도 전생엔 망나니 같은 삶을 살았다.

'지난 삶의 그 과오 자체를 변명할 생각은 없어.'

하지만 그렇다고 해서 원래는 자신의 것이었던 걸 뻔뻔하게 차지하고 있는 이 세계의 이성진이란 존재를 용납할 수 있는 건 아니었다.

'그나마 아주 나쁜 놈은 아닌 것 같아 다행이군. 흠, 어쩌면 내가 세운 가설 중 하나인 그가 미래를 기억하는 또 한 사람의 나일지 모른다는 가설은 철회해야 할지도 모르겠는걸.'

크리스는 자조하며 창밖으로 고개를 돌렸다.

'그야 내가 전생의 기억을 갖고 과거로 돌아간다면……. 그때 가장 먼저 할 일은 정해져 있으니까.'

한편 천희수는 크리스의 얼굴에서 보이는 나이에 걸맞지 않은 표정을 보고 무어라 물으려다가 관뒀다.

'하긴, 보기보다 속이 깊은 꼬마인 건 확실해 보이는군.'

백하윤이 미국에 출장을 가 있는 동안 김유미를 꼬드겨 들은 바, 크리스는 어린 나이부터 험난하고 파란만장한 인생을 겪어 온 모양이었고, 지금도 어떤 의미에선 순탄치 않다고 볼 수 있으니까.

그러는 사이 분당에 도착한 크리스는 상상하던 것 이상으로 잘 지어 둔 건물을 보며 내심 감탄했다.

'휘유, 이거 꽤나 본격적인데?'

마음 같아선 출입구에 있을 건축 비석을 통해 완공일과 시공사도 알아보고 싶었지만, 애석하게도(?) 천희수의 차는 곧장 빌딩 지하 주차장으로 향해 그럴 여력이 없었다.

'나중에라도 알아보지, 뭐.'

크리스는 간단한 수속을 밟아야 할 거 같다는 천희수의 말에 고개를 끄덕이며 1층 로비로 향했다.

천희수가 로비 담당 여직원에게 수작질 겸 수속을 밟는 동안 크리스는 슬쩍 건물을 빠져나와 건축 비석을 살폈다.

'어디 보자, 완공일 1995년……. 시공사는 삼광물산?'

그 내용에 크리스는 조금 놀랐다.

'삼광건설이 아니라?'

크리스의 기억에 원래 이 시기, 삼광건설과 삼광물산은 분리되어 있었다.

그러던 것이 삼광건설의 이태환이 삼광물산을 집어삼키는

형태로 인수합병, 삼광건설이 자본을 종식하는 형태로 그는 삼광물산의 대표직에 올랐는데, 이번에는 아예 빌딩의 시공사가 처음부터 '삼광물산'으로 기재되어 있었던 것이다.

'게다가 여긴 분당이지. 또 그 시기 삼광건설은 동화건설과 수주 경쟁에서 미끄러졌고……. 아, 혹시 그건가.'

성수대교 붕괴.

이번 생에는 성수대교 붕괴라고 하는 대사건이 아예 일어나지도 않다는 건 크리스도 알고 있었지만, 그 나비효과의 결과가 이런 식으로 나타날 줄이야.

'……과연. 원래 분당 개발을 담당하던 동화건설이 그 일로 트집을 잡혀 삼광건설이 빼앗아 왔단 건가.'

머릿속에서 퍼즐이 짜 맞춰지는 것 같았지만, 정작 그런 내용을 떠올린 크리스의 기분은 별로 좋지 않았다.

'이건 뭐 적에게 소금을 보내는 것도 아니고……. 하필 이태환한테 좋은 일을 시켜 줄 건 뭐야.'

이성진의 당숙이자 현재 삼광물산의 대표인 이태환은 야심가다. 삼광 그룹이 이휘철의 사후 각 계열사별로 사실상 분리 독립하다시피 한 것은 배후에서 이태환이 주도했기 때문으로, 그는 이후로도 사사건건 자신이 걸어가는 길에 훼방을 놓곤 했던 것이다.

'심지어 그 아들인 이진영 그 새끼까지 합세해 가면서 말이야.'

어쨌거나, 빌딩 시공사가 삼광물산 타이틀을 걸고 있다는 것에서 크리스는 복잡한 기분으로 고개를 저었다.

'아무래도 이태환은 이 기회에 할아버지가 돌아가시자마자 냉큼 분리 독립을 해 버린 모양이군.'

그래, 할아버지는 지금 이미 돌아가셨겠지.

크리스는 이휘철의 생전 모습을 떠올리며, 자신에게는 유일하게 자상했던 조부를 그리워했다. 크리스가 괜한 감상에 젖어 있으려니 등 뒤로 낯선 목소리가 들렸다.

"애, 너 혼자니?"

크리스는 움찔하며 반사적으로 거리를 벌렸고, 상대는 그런 경계심 많은 새끼 고양이 같은 크리스의 모습에 쓴웃음을 지었다.

"놀랐다면 미안."

그리고 직후, 상대는 크리스의 단정한 얼굴을 보고 깜짝 놀랐지만 그 티를 내색하지 않으려 애썼다.

"혹시 길을 잃었을까 해서."

"……."

"음, 언니는 수상한 사람 아니야. 이 건물 지하에 있는 시저스란 식당에서 일하고 있어."

이 건물, 지하에 식당도 있나.

거참 가지가지하는군, 하고 생각한 크리스는 그녀 옆에 서 있는 남자를 보고 눈을 가늘게 떴다.

'응? 저 남자, 왠지 어디서 본 거 같은데……. 연예인은 아니고. 어디였지?'

그런 크리스의 시선을 받은 오승환은 일부러 고개를 돌려 신은수에게 말을 던졌다.

"근처에 어른이 있겠지. 애가 혼자서 올 만한 동네가 아니잖아?"

"오빠도 참. 그러니까 더더욱 말이에요. 이런 거리에 이렇게 예쁜 애가 혼자 있으면 위험하잖아요?"

"……이 동네 치안이 어떻다는 이야기는 못 들었는데."

"유동 인구가 많잖아요. 무슨 일이라도 생길 수 있는 거죠."

"내 생각에는 여기서 네가 제일 위험해."

"오빠, 지금 말 다했어요?"

……그런데 내가 왜 여기서 저 인간들의 사랑싸움을 보고 있어야 하는 거지?

크리스는 이쯤하면 됐겠다 싶어 천희수가 있는 곳으로 돌아가려 몸을 돌렸다.

"얘, 잠깐만!"

신은수가 얼른 크리스를 따라 붙었다.

"혼자는 위험해. 근처에 엄마 있니?"

"……."

엄마? 없는데.

미국에서 방송을 탔음에도 나타나지 않을 걸로 보아, 아마 어디서 객사라도 하지 않았을까.

참고로 생물학적 부친은 현재 미국 교도소에 수감 중이다.

'그나저나 뭔 오지랖이지.'

오승환이 떨떠름한 얼굴의 크리스를 힐끗 보았다가 신은수에게 말했다.

"혹시 한국어를 모르는 거 아니야? 보니까 눈도 파랗고."

"어머, 정말. 음, Hello, my name is……."

결국 크리스가 한마디를 했다.

"건물 안에 일행 있어요."

"한국말 잘하네?"

"예. 그럼 실례했습니다."

"잠깐, 잠깐. 정말이니?"

"……그런데요. 왜요?"

"혹시 이 언니가 귀찮아서 그냥 하는 말일 수도 있으니까."

거, 자각은 하고 있구먼.

아무튼 크리스는 이 거머리 같은 여자를 떨어트리려면 천희수를 통한 신원보증을 해야겠다는 생각을 했다.

"건물 안에 일행, 보여 드리면 믿겠죠?"

"응? 아, 응."

"따라오세요. 어차피 돌아가려 했으니까."

신은수가 고개를 돌려 오승환을 보았다.

"그렇게 됐으니까, 오빠는 혼자 택시타고 가세요."

"처음부터 그러려고 했어."

"……그런 식이니 애인도 없지."

"남이사."

그리고 신은수는 건물로 앞장서 걷는 크리스를 얼른 따라 붙었다.

"그래서 일행이 누구니?"

"저 사람요."

크리스가 손가락으로 아직 크리스가 사라진 줄도 모른 채 작업에 여념이 없는 천희수를 가리켰다.

"……천 실장님?"

어라, 아는 사이였나.

하긴, 이 건물에 상주한 식당 웨이터이고 꽤 반반하게 생겼으니 저 천희수가 작업 좀 걸어 볼 만하긴 하겠군.

"천 실장님!"

신은수가 성큼성큼 걸어가 천희수를 부르자, 천희수는 그제야 아차 싶은 얼굴로 고개를 돌렸다.

"아, 은수……가 크리스랑 왜 같이 있어?"

"제가 할 말이거든요. 밖에서 혼자 있는 걸 보고 말을 붙여 봤더니……. 아무튼."

한숨을 내쉰 신은수가 빙긋 웃으며 크리스를 보았다.

"크리스라고 하는구나. 본명이니?"

"……본명은 크리스티나 밀러입니다."

"아, 미안. 멀쩡한 본인 이름 두고 영어 이름 쓰는 사람을 한 명 알고 있거든."

거참 공교롭네. 나도 그런 사람을 알고 있는데.

'그래도 설마하니 그게 HL식품의 정금례는 아니겠지만.'

아, 지금은 아직 해림식품이란 이름이겠군.

신은수가 천희수를 보았다.

"그런데 무슨 사이예요? 혹시 새로 들어오는 아역? 그런데 외국인? 혼혈?"

"그건 아니고…… 설명하려면 좀 복잡해."

"나중에 밥이라도 먹으러 오세요. 서비스 팍팍 줄 테니까."

신은수의 강요에 가까운 그 말에 천희수는 쓴웃음을 지었다.

"생각해 볼게. 일단 크리스 본인 의사도 중요하니까."

"그렇게 크리스를 생각해 주는 사람이 애를 혼자 놔둬요?"

"그러니까. 얼마나 자유롭니?"

"그건 방임이라고 하거든요."

거 정신없네.

크리스는 결국 한동안 신은수가 천희수에게 잔소리를 늘어놓고 돌아갈 때까지 잠자코 있어야 했다.

"쩝, 점심은 결정됐네."

"제 의사는요?"

"오, 그런 말도 알아?"

"방금 들었거든요."

아무리 이 건물 지하에 있다지만 솔직히 저 귀찮은 여자가 있는 식당에는 가고 싶지 않았다.

'귀찮게 이런저런 질문을 던져 올 게 뻔하고.'

천희수는 그런 크리스의 표정에서 속내를 알아보았는지 픽 웃었다.

"걱정 마. 저래 봬도 꽤 괜찮은 식당이거든. 아니, 오히려 다들 줄을 서 가며 먹는 곳이지."

"그래요?"

뭘 먹건 어제 저녁에 먹은 백하윤 수제 요리보단 낫지 않겠나 싶은 크리스에겐 꽤 반가운 이야기였다.

'흠, 그렇다고 하니 모처럼 초대도 받았겠다, 한 끼 때우는 정도로는 나쁘지 않겠지.'

그런 크리스의 표정을 본 천희수가 웃으며 말을 이었다.

"응. 아, 마침 크리스 너 우리 사장님한테 관심 많잖아. 겸사겸사 가 보면 좋겠네."

이성진이랑 저 식당은 또 무슨 관계인데?

"실은 우리 사장님, 저 식당 공동 대표이기도 하거든. 아, 공동 대표, 알아들어?"

"……네."

이성진이 식당 공동 대표도 하고 있다고?

'정말이지, 가지가지 하는 놈이군.'

우여곡절 끝에 회사에 입성한 크리스는 회사 구경 대신 곧장 회사 휴게실로 향했다. 이는 보모 체질과 거리가 먼 천희수가 적당히 놀 거리가 가득한 곳에 크리스를 던져 두고 제 할 일을 하고 싶어서였던 것인데, 이는 크리스 입장에서도 여러 모로 상호 이익에 부합하는 행동이었다.

"그럼⋯⋯ 게임기는 저기에 있고, 만화책은 저쪽. 네가 찾는 컴퓨터는 저기야. 아, 혹시 간식이 먹고 싶으면 탕비실로 가면 돼."

거 참, 이게 회사인지 놀이터인지.

크리스도 원래는 남들 위에 있던 사람이다 보니 SJ컴퍼니의 빵빵한 직원 복지가 별로 내키지 않았지만, 자신은 그에 대해 참견할 권리가 없었다.

"이 오빠는 이제 일하러 갈 건데, 혼자 있을 수 있지?"

"그럼요."

오히려 얼른 가 주었으면 싶은 심경이다.

천희수 또한 크리스가 또래에 비해 조숙하다는 것은 눈여겨보았기에 크리스를 혼자 내버려 두어도 무방할 거라 보았고.

"알겠다. 혹시 궁금한 게 있으면⋯⋯."

천희수가 명함을 꺼내 크리스에게 건넸다.

"여기 내 핸드폰, 아, 미국에서는 셀룰러 폰이라고 하나?"

“핸드폰이라고 해도 알아들어요. 백하윤 선생님도 핸드폰 가지고 계시거든요.”

“뭐, 그러면 걱정할 거 없겠네. 아무튼 나는 이만 가 볼게. 재밌게 놀아.”

“네.”

천희수를 보내고 난 뒤에야 크리스는 ‘그러고 보니까 이 시대에는 인터넷을 어떻게 하지’ 하는 생각에 미쳤다.

‘……뭐, 어떻게든 되겠지.’

크리스는 컴퓨터 앞에 앉아 이것저것 살펴보다가 부팅 버튼으로 추정되는 버튼을 눌렀다.

‘오, 돌아간다.’

하지만 윙윙거리는 소리는 들리는데 화면이 검어서 크리스는 모니터를 켰다.

‘흠, 이게 그 유명한 윈도우 95인가?’

전생에도 크리스가 컴퓨터를 처음 만져 본 건 90년대 후반, 윈도우 98이 나오고 난 뒤였다.

그나마 지금이 MS-DOS를 쓰는 시대가 아니었던 것이 크리스 입장에선 불행 중 다행이라고 할까.

‘……그나저나 부팅이 엄청 느리네.’

이번 생에 들어 컴퓨터를 처음 만져 본 크리스는 생각 이상으로 느린 이 시대 PC의 속도를 체험하며 떨떠름한 얼굴이 됐다.

'몸에서 사리 생기겠다.'

마침내 바탕화면을 띄우는 것에 성공한 크리스는 그다음 난관에 부닥쳤다.

'끙, 어디 보자……. 이게 인터넷 익스플로러지? 이걸 누르면 되려나.'

전화선을 이용해 PC통신을 하는 이 시대의 개념을 잘 몰랐던 크리스는 '평소 하듯' 인터넷 익스플로러를 눌렀지만 그녀로서는 뭐가 뭔지 알 수 없는 화면이 뜰 뿐, 인터넷은 접속이 되질 않았다.

'고장 났나?'

컴맹인 크리스는 그렇게 생각했지만, 사실 그건 크리스의 잘못 때문은 아니었다.

이 회사에서 근무하는 사람들은 대부분 전용 PC를 가지고 있었기 때문에 구태여 휴게실에서 인터넷에 접속할 필요가 없었고, 따라서 휴게실 컴퓨터를 사용할 일이 드물었던 직원들은 아예 인터넷을 끊어 두었던 것이다. 물론 그와 별개로 크리스는 영문을 몰라 짜증을 내고 있었지만.

"응? 너 누구냐?"

크리스에게는 운이 좋게도 구세주가 나타났다.

복도를 거닐던 조인영은 우연히 휴게실에 사람이 있는 걸 확인, 그것도 한참 어린 꼬맹이가 이 시간에 회사에 있는 걸 신기하게 여겨 다가온 것이었다.

크리스는 크리스대로 고등학생으로밖에 보이질 않는 조인영이 말을 건네자 경계하며 그를 보았다.

'이 회사 직원인가?'

그런 크리스의 경계심에도 고아원에서 꼬맹이를 취급하는 일에 익숙했던 조인영은 아랑곳하지 않으며 다가와 말을 이었다.

"너, 여기는 어쩐 일로……."

그러다가 그는 크리스의 목에 걸린 임시 출입증을 보고 고개를 갸웃했다.

"방문객?"

"……그런데요."

크리스도 처음엔 굳이 임시 출입증 발급 같은 번거로운 일을 해야만 하는 건지 몰라 부루퉁했지만, 지금 와서는 천희수의 판단이 옳았음을 조금 알게 되었다.

'미아일지도 모른다는 귀찮은 설명을 할 필요는 덜게 됐군.'

그렇다고는 하나 그녀도 조인영의 몇 가지 기초적인 질문은 피하기 어려웠다.

"아하, 희수 형 따라서……. 거참, 그렇다고 그 형도 이런 꼬맹이를 여기 방치하고 가면 어떡해."

크리스가 SJ엔터테인먼트에 들어올 신인 아역 배우라고 생각한 조인영은 가볍게 투덜거리며 모니터를 보았다.

"인터넷하려고?"

마냥 귀찮기만 한 존재인 줄 알았던 조인영이 도움을 줄 수도 있을 것 같아, 크리스는 얼른 표정을 고쳤다.

"네, 이거 어떻게 할 수 없어요?"

"할 수 있지. 잠깐만."

조인영은 뭔가를 뚝딱거리더니 금세 인터넷이 연결되도록 만들었다.

"……자, 됐다."

"감사합니다!"

이번만큼은 크리스도 꽤 진심을 담아 감사를 표했다.

"크리스라고 했지?"

"네."

"그런데 인터넷으로 뭘 하려고?"

곧바로 조인영의 이용 가치가 사라진 크리스는 남이사 신경 끄라는 말을 어떻게 에둘러 표현할까 생각했다가 생각을 고쳤다.

'그러고 보니 이 시대는 아직 이렇다 할 포털 사이트도 없는 시대이지 않나?'

컴맹이긴 해도 경영과 관련한 사전적 지식만큼은 충실한 크리스는 눈앞에 있는 조인영의 도움을 받아 보기로 했다.

"몇 가지 검색 좀 해 보려고요."

"검색?"

크리스는 대수롭지 않게 말했지만, 이 시대에는 아직 인터넷을 검색에 쓴다는 개념 자체가 희소한 편이었다.

"뭘?"

"그냥…… 신문 같은 거요?"

"……흐음."

그것 또한 마찬가지.

그야 물론 최근에는 도깨비 신문이라고 하는 걸출한 인터넷 매체가 나타나 대한민국의 얼마 되지 않는 인터넷 이용자들을 끌어모으고 있었지만, 조인영은 크리스의 말투에서 왠지 모를 위화감을 느꼈다.

'컴퓨터에 대해서는 초보인 거 같은데, 왠지 개념적으로는 이성진에 근접한 것 같단 말이지.'

그래도 어쨌건 위화감은 잠시 접어 두고, 조인영은 크리스에게 도움을 주기로 했다.

"그런 거라면 마침 도깨비 신문이라는 게 있지."

"도깨비 신문?"

도깨비 신문도 모르면서 그런 말을 뱉은 건가.

"응, 뭐 일단 들어가 보면 알게 될 거야."

조인영은 아직 삼광 네트워크에서 프로토타입을 개발 중인 패스파인더 브라우저를 통하는 대신 인터넷 창에 도깨비 신문의 링크를 입력했다.

"자, 여기."

도깨비 신문의 홈페이지는 트래픽을 최소화하기 위해 간소했고, PC통신 UI를 차용해서 그런지 크리스가 보기에는 다소 난잡해 보였다.

'여기서 뭘 어떻게 해야 한단 건지.'

생초짜가 확실한 크리스의 난감해하는 기색에 조인영이 픽 웃었다.

"뭐가 궁금한데? 말만 해."

"……SJ컴퍼니에 대해 알아보고 싶은데요."

"여기?"

초등학생도 될까 말까 싶은 꼬맹이가 다른 것도 아니고 이 회사에 대해 '신문 기사'를 찾아보고 싶다니, 아무래도 뭔가 좀…….

조인영의 표정을 읽은 크리스는 하는 수 없이 변명을 덧붙였다.

"실은 말이에요……."

크리스는 앞서 언급한 이야기에 좀 더 상세히 살을 덧붙였다. 자신이 이성진의 도움으로 백하윤을 소개받아 한국에 왔으며, 아직 모르는 게 많아 한번 알아봤으면 한다는 것. 그리고 이성진과 만나기 전에 혹시라도 실수가 없도록 사전 정보를 얻었으면 한다는 내용까지.

그걸 설명하는 크리스는 어린애답지 않게 꽤 논리 정연하고 어른스러운 모습이었지만, 가까이 이성진이며 전예은 같은 사례가 있다 보니 조인영도 크리스가 어린애답지 않은 것에 대해선 깊이 생각하지 않았다.

"그랬구나. 그러면 원래는 미국에서 살았던 거고?"

"네, 그래요."

"흠."

그리고 자연스럽게 흘러나온 크리스가 미국에서 왔다는 정보에서 조인영은 크리스가 (자신도 잘은 모르지만)미국의 인터넷 환경에 익숙해져 있어서 그런 식의 이야기를 꺼낸 것이리라 생각하기로 했다.

"그런 거치곤 한국말 잘하네. 한인타운에서 왔어?"

"그런 셈이죠."

사실 크리스가 신세 진 하렘가에 한국어는커녕 한국이 어디 있는 나라인 줄도 모르는 사람이 태반이었지만 크리스는 자연스럽게 거짓말을 했다.

"그렇다면 여기서 찾아보면 될 거야."

조인영은 크리스에게 몇 가지 노하우를 알려 준 뒤, 아차 하며 손목시계를 보았다.

"맞아, 그러고 보니까 나 일하는 중이었네. 아무튼 이 정도면 혼자서도 할 수 있겠지?"

"네."

"그래, 그럼 이만."

조인영을 떠나보낸 뒤, 크리스는 어째 이 근처엔 오지랖

넓은 사람이 많다며 고개를 절래절래 저은 뒤 모니터로 시선을 옮겼다.

"자, 그럼, 어디……."

크리스는 우선, 검색창에 SJ컴퍼니를 입력했다.

크리스에게 짤막한 도움을 준 조인영은 사장실로 발걸음을 옮기며 생각을 정리했다.

'흠, 역시 UI 개선은 필요할 거 같군.'

역시 이럴 땐 초보자의 시선이 중요한 법이다.

'그나저나 저 꼬맹이, 왠지 성진이가 생각나게 한단 말이야.'

이유는 모르겠지만, 돌이켜 보니 왠지 모르게 새삼 그런 느낌이 들었다.

'또래에 비해 되바라졌다는 공통점 때문인가?'

그렇게 사장실 앞에 도착하니 전예은이 조인영을 반겨 주었다.

"안녕하세요, 인영 오빠. 어쩐 일이세요?"

"응. 일산출판사에 가려는데 생각해 보니까 그쪽 연락처를 받아 둔다는 걸 깜빡해서."

"아, 그런 일이라면…… 제 쪽에서 전화드려 볼까요?"

"아니야, 됐어. 연락처만 줘. 나머지는 내가 알아서 할게."

"네."

조인영은 전예은이 건넨 연락처를 받은 뒤 툭 말을 건넸다.

"아 참, 휴게실에 손님 와 있더라."

"손님요?"

"응. 크리스 어쩌고라는 꼬맹이였는데……."

그 말에 전예은이 자리에서 벌떡 일어섰다.

"크리스요?"

"어라, 너도 알아?"

"알죠. 오빠도 그 이야기 나올 때 사장실에 있었잖아요."

"……그랬나?"

하긴, 조인영은 자신이 별 관심 없는 내용은 듣고도 한 귀로 흘리는 사람이었지.

"그래서 대체 뭐 하는 꼬맹이인데?"

"바이올린 신동이에요."

"바이올린 신동? 신동이라는 표현을 쓸 정도냐?"

"네. 그보다, 그러면 백하윤 대표님도 와 계신가요?"

"아니, 그런 이야기는 없었어. 여기도 희수 형이 데리고 온 모양이던데."

휴, 그나마 다행이구나 싶었다.

만약 백하윤이 여기 온 거라면 그녀 입장에서는 응당 손님 대접을 해야 한다고 생각했으니까.

'……어라, 그런데 왜 내가 그걸 모르는 거지?'

전예은은 속으로 의아해했다.

평소라면 그런 내용은 조인영에게 '듣기 전에' 알고 있어야 할 터인데, 전예은은 해당 사안을 말 그대로 조인영에게 '처음 들어서 알게 된' 것이었다.

'……별거 아니겠지.'

전예은은 애써 생각을 정리하고는 조인영에게 빙긋 웃어 보였다.

"그러면 나중에 인사라도 하러 가 봐야겠네요."

"음, 글쎄. 한동안 내버려 두는 게 좋지 않을까?"

조인영이 쓴웃음을 지으며 한 말에 전예은이 고개를 갸웃했다.

"왜요?"

"느낌이긴 한데 왠지 걔, 방해 받는 걸 별로 안 좋아하는 거 같아서."

그 앞에서 티는 내지 않았지만, 조인영의 예감은 정확했다.

"그래도 어린애 혼자 그런 곳에 둘 수는 없잖아요. 천 실장님이 계속 봐 줄 것도 아니고."

"하긴, 걔가 10년만 더 뒤에 왔다면 모르겠지만 말이야. 아무튼 가 볼게. 수고해."

"네, 오빠."

조인영을 떠나보낸 뒤, 전예은은 잠시 생각에 잠겼다.

'음, 그래도 우리 회사에 방문한 손님이니까, 내가 가는 게

맞겠지?'

한편 그 시각, 크리스는 나름대로 난처한 상황에 처해 있었다.

'이건 또 뭐야?'

일단, 크리스에게는 애석하게도 SJ컴퍼니와 관련한 신문 기사 내용은 존재하지 않았다.

그나마 찾을 수 있었던 것은 연예 관련 섹션에서 SBY의 소속사가 SJ엔터테인먼트이며, 그들이 얼마 전 김승연을 영입하였고, SJ엔터테인먼트는 SJ컴퍼니의 자회사라는 짤막한 내용 뿐.

'심지어 그건 나도 이미 들어서 아는 내용이고.'

그 외에는 마치 검열이라도 한 것처럼 SJ컴퍼니와 관련한 보도 내용은 찾을 수가 없었다.

'……설마하니 상장조차 하지 않은 회사인 건가?'

물론 회사 경영에 상장이 필수적인 건 아니지만, 회사가 어느 정도 성장하려면 상장을 통해 돈을 모아 두는 편이 수월하다는 건 상식선의 이야기였다.

'SJ컴퍼니의 주식에 대해 알아보고 싶지만…… 신문 기사만 뒤져서는 힘들겠군. 어쩌면 사이트 검색 엔진이 별로여서 일수도 있고.'

그래서 크리스가 다음으로 검색한 건 '삼광전자'라는 키워

드였다.

다행히 삼광전자에 대해선 무수한 보도 자료가 쏟아졌다.

'어디 보자, MP3 판매 실적이 순항……. 모토로라와 핸드폰 디자인 특허 소송? 이건 좀 흥미롭군.'

그러잖아도 크리스는 미국에서 백하윤이 보여 준 핸드폰 '클램'을 보고 꽤 놀랐던 기억이 있었다.

'확실히 폴더형 핸드폰은 스마트폰이 나오기 전인 피처폰 시절, 그야말로 한 시대를 풍미했던 전적이 있지.

그리고 그건 모토로라에서 내놓은 스타덱이 원조로, 모토로라는 이 스타덱을 통해 공전의 히트를 기록하면서 한때 세계 핸드폰 시장을 석권하였다.

'안 그래도 그걸로 좀 알아보고 싶었는데, 아예 모토로라와 디자인 특허 침해로 소송까지 벌였다니…….'

크리스도 미국에 있을 적에는 이런 경제 관련 뉴스를 접해 보지 못했기에 이 중요한 문제를 놓치고 만 것일 터.

'……케이블은커녕 MTV 채널을 구경하기도 쉽지 않았으니까 말이야.'

그런 하렘가의 사람들이 MTV를 볼 때면 다이어 스트레이츠의 곡 Money for noting에 나오는 가사처럼 '어이 밥씨, 신경 끄고 짐이나 날라' 하고 투덜대기만 하는 게 감상의 고작이었고.

'어디 자세히 들여다볼까.'

기사는 한자가 병용되어 있었지만, 크리스에게는 아무런 문제도 되지 않았다.

'음? 디자인 특허 출원 자체는 삼광전자가 더 빨랐다고? 허, 이거 참.'

그리고 기사에는 삼광전자의 클램을 디자인한 회사 대표가 삼광 그룹의 투자를 받은 별도의 회사임을 명시하고 있었다.

'……정황상 미래에서 온 그 자식이 클램이라는 핸드폰 디자인을 선점한 거겠지만.'

크리스는 그 이전 기사로 시선을 옮겼다.

'마이크로소프트와 윈도우 OS 독점 계약 체결? 그 과정에 MS ASIA라고 하는 법인을 세우고 그 지분을 나눠 갖기로 했다…….'

이것 역시 미래에 대한 지식이 없다면 힘든 일이지만, 상상 이상으로 그 스케일이 컸다.

'아버지도 놈에게 휘둘리고 계신 모양이군.'

다만, 그렇다고 한다면 어째서 그 이성진이란 놈은 자신의 공로를 꽁꽁 숨기고 그 공과를 다른 곳에 떠넘기고 있는 것일까.

'회사를 경영하는 입장이라면 어떻게 해서든 SJ컴퍼니의 이름을 알려 회사 가치를 높여야 하는 것이 타당한데도…….'

놈은 어쩌면, 나중에 자신이 삼광전자를 장악하기 위한 밑밥을 차근차근 깔아 두는 것이 아닐까.

그렇게 생각했더니 크리스는 저도 모르게 이를 갈았다.

'그렇다고 한다면 이성진이라는 놈도 만만히 볼 놈은 아니군.'

이번에는 특집 기사 칼럼에 시선을 옮겼다.

'이휘철 회장의 공식 은퇴 이후 삼광전자의 행보……?'

그 대목에서 크리스는 눈을 부릅뜨고 기사를 샅샅이 훑었다.

'공식 은퇴 석상에 모습을 드러낸 이휘철 회장은 정정하였다.'로 시작되는 문장에서 크리스는 입을 일자로 꾹 다물었다.

'……할아버지가 공식 은퇴 발표를 하셨어?'

그렇다는 건, 크리스가 기억하던 것과 달리 이휘철의 갑작스러운 죽음으로 승계가 이루어진 것이 아니란 의미였다.

'그러면 할아버지도 어쩌면…….'

그래서 크리스는 지금껏 찾아보던 삼광전자 키워드가 아닌, 이휘철의 이름으로 검색을 했다.

관련 내용은 이휘철이 중태에 빠졌다는 내용, 그가 완치하여 공식 석상에 모습을 드러냈다는 것, 그리고 그가 회장직에서 물러났다는 내용 등이 결과로 나왔다.

'할아버지가 살아계셔!'

다른 사람에게는 몰라도 전생의 자신에게만큼은 자상한 할아버지였다. 그야, 머리가 굵어진 지금 와서 생각해 보면 이휘철은 자신의 양육을 이태석에게 맡기고, 이휘철 당신은

의지할 수 있는 거목으로 자리를 잡겠다는 전통적인 양육이라는 걸 알고 있지만 머릿속으로 아는 것과 감정적으로 따르는 건 별개의 이야기였다.

'할아버지가…….'

그렇다는 건, 다시 말해 이성진은 이휘철의 죽음을 막아냈다는 것일까.

'무슨 꿍꿍이지.'

조금 냉정을 되찾은 크리스는 이휘철이 중태에 빠졌단 내용을 찾아보았다.

관련 기사에서 크리스는 이휘철이 자택에서 급성심장질환으로 쓰러진 것을 그 집 고용인의 아들인 '한성진 군'이 침착하게 AED를 사용해 그를 구했다는 미담을 전하고 있었다.

'한성진 그놈이?'

기사를 읽고 난 크리스는 복잡한 심경으로 생각에 잠겨 마우스 위에 올라간 검지의 끝을 톡톡 두드렸다.

말 그대로 복잡한 심경.

결과적이긴 하지만 이성진 그놈은 원래라면 이맘때는 사망한 지 오래인 이휘철의 목숨을 구한 것이 된다.

'어쨌거나 집에 AED를 설치한 건 분명 이성진 그놈일 테니까.'

그렇게 생각하니 직접적으로 이휘철의 목숨을 구한 한성진에 대해서도.

'……한성진.'

크리스는 지금이라도 집에 달려가 가족들의 얼굴을 보고 싶은 기분을 꾹 눌러 참았다.

'어쨌건 그놈은 할아버지가 언제 어떤 식으로 돌아가실지 알고 그에 대한 대비를 해 두었어.'

그래서일까, 크리스의 마음속에서 이성진은 당장 때려 죽여도 시원치 않을 놈에서 조금 고맙긴 한 존재로 평가가 올랐다.

'그조차 할아버지의 목숨을 구한 꿍꿍이속이 있어서겠지만, 일단 고마운 건 사실이니까.'

그런데 크리스의 머릿속에는 방금 전 찾아보던 기사와 더불어 한 가지 걸리는 게 있었다.

'그걸 자신의 공으로 치부할 수도 있을 텐데, 한성진에게 그 공을 전부 넘긴 건 무슨 이유에서지?'

어차피 이성진이 삼광전자의 후계자가 되는 건 기정사실이나 마찬가지이고, 그에 대한 대비를 하는 것으로 이휘철의 목숨까지 구했다면 삼광전자 뿐만 아니라 그룹 전체를 장악하는 명분을 구하는 것도 어렵지 않다.

그러니 만약 지금 이성진이 그저 미래의 지식을 가지고 있을 뿐인 단순한 놈에 불과하다면, 구태여 이런 회사를 굴리는 번거로운 일을 할 필요 없이 어른이 되기를 기다리며 사치와 향락을 누려도 될 일인 것이다.

하지만 놈은 이런 번거로운 일을 사서하고 있었다.

크리스는 이성진의 의도가 무엇이건, 그 목적에 이르는 남모를 꿍꿍이가 여기에 있을 것이라고 보았다.

'돈 버는 일 자체는 어렵지 않아. 더군다나 미래의 지식이 있다면 더더욱.'

남들보다 더 많은 돈을 벌겠다는 목적이라면 차라리 부동산 투기나 선물 거래, 더 먼 미래에 나올 전자화폐를 사용하는 것이 훨씬 수월한 일이다.

하지만 이성진이 (실질적으로)회사를 경영하고 경영자로서 자리매김을 준비하고 있다면, 거기에는 단순한 돈벌이 외의 목적이 있는 것이리라.

'그렇다고 명예욕이 있는 것도 아니니, 혹시 그놈은 세간에서 우러러보는 성공 그 자체보다 그 길에 이르는 과정을 더 중시하는 것인가? ……윽!'

크리스는 문득 닥쳐온 두통에 인상을 찌푸렸다.

'뭐야, 이건?'

크리스는 저도 모르게 짚은 이마에서 손바닥을 뗐다.

'……응?'

크리스는 손바닥을 내려다보며 고개를 갸웃했다.

'나는 어째서 손바닥에 피가 묻어 있을 거라고 생각한 거지?'

위화감을 느낄 새도 없이 크리스는 직후 욕지기를 느끼며 얼른 입을 틀어막았다.

"우읍!"

그리고 크리스는 즉시 자리에서 일어나 화장실로 달렸다.

"웩!"

변기에 대고 토악질을 해댄 크리스는 한참 만에 고개를 들곤 숨을 헐떡였다.

'젠장, 뭐야 이건?'

쏴아아.

크리스는 변기의 물을 내리곤 벽에 등을 기대고 섰다.

'뭔가…… 떠오를 것 같기도 한데.'

크리스는 거기까지 생각했다가 아, 하고 얼른 몸을 돌렸다.

'컴퓨터!'

아직 켜 둔 채로 나왔다.

누군가가 자신이 검색하던 걸 보기라도 한다면 변명하기 꽤 골치 아픈 일이 생길 터. 다급히 화장실을 나서던 그 순간 누군가와 부딪히고 말았다.

"아야!"

이건 또 뭐야?

크리스는 코를 문지르며 상대를 보았다가 저도 모르게 움찔하고 말았다.

'곽성훈?'

저 인간이 여기 왜 있어?

귀신이라도 본 것처럼 어안이 벙벙한 크리스가 멀뚱멀뚱

그를 보고 있으니, 곽성훈이 빙긋 웃으며 자상하게 말을 건넸다.

"미안, 괜찮니? 무슨 소리가 들려서."

"……네. 그보다……."

왜 여자 화장실에, 하고 말하려던 크리스는 이내 소변기들을 발견하고 떨떠름한 얼굴이 됐다.

'습관적으로 남자 화장실에 들어오고 말았군.'

곽성훈은 헛기침을 하곤 빙그레 미소를 지었다.

"착각했나 보구나. 그러니까……."

크리스는 본인의 이름을 댈까 하다가 하는 수 없이 입을 뗐다.

"크리스입니다."

"크리스?"

고개를 갸웃한 곽성훈은 어째서인지 크리스를 물끄러미, 뚫어져라 보았다.

"……왜 그러세요?"

"아니. 아무것도 아니야."

곽성훈은 그렇게 둘러대곤 고개를 돌렸다.

"일단 여기서 나갈까? 아니면……."

"아니에요. 나가죠."

아무리 청결하다고는 하나, 크리스도 화장실에서 오래 서 있고 싶지는 않았으므로.

"아, 소개가 늦었네. 난 곽성훈이라고 해."
알고 있다.
'지구상에 저런 인간이 둘씩이나 있으면 큰일 나지.'
그나저나 곽성훈이 이 회사에는 왜 있는 걸까.
크리스는 그를 살피며 곽성훈의 말을 받았다.
"그러시군요. 이 회사에서 일하시나요?"
"응."
곽성훈이 고개를 끄덕였다.
"그러는 크리스는…… 임시 방문객이구나. 놀러 왔니?"
곽성훈은 크리스가 목에 패용하고 있는 임시 출입증을 본 모양이었다.
"비슷해요."
"흠, 그렇구나. 그래, 몸은 어때? 혹시 상태가 안 좋은 거라면……."
어디서부터 본 걸까. 화장실에서 토할 때? 아니면 아까 급하게 화장실로 달려갈 때부터?
'아무튼 음흉한 놈이라니까.'
크리스는 미소 띤 얼굴로 대답했다.
"괜찮아요. 신경 써 주셔서 감사합니다."
"그렇다면 다행이고."
곽성훈은 다행히도 이 빌딩에 있는 다른 사람들처럼 필요 이상의 오지랖을 부리지 않았다.

"누구랑 왔니?"

다만 그런 그도 필요상의 질문 정도는 했다.

"천희수 실장님요."

"아, SJ엔터테인먼트의 희수 씨?"

"네."

그런 간단한 질의응답을 하고 있으려니 복도 저만치에서 조그만 여자애 하나가 종종거리며 오더니 고개를 꾸벅 숙였다.

"안녕하세요, 곽성훈 이사님."

허, 심지어 이 회사 이사였어?

곽성훈이 여자의 인사를 받았다.

"예, 안녕하세요, 예은 씨."

"네. 그런데……."

전예은이 크리스를 보더니 눈을 가늘게 떴다.

"……음?"

크리스는 '예은 씨'라고 하는 저 여자가 초면부터 소개도 잊고 자신을 빤히 쳐다보는 것에 묘한 느낌을 받았다.

그녀의 시선에서 크리스는 남들이 자신을 볼 때면 응당 보이는 반응과는 어딘가 다른 느낌을 받은 것이었다.

'마치 못 볼 걸 보기라도 한 것 같은데.'

전예은은 그런 크리스의 시선을 눈치챘는지 허둥지둥 인사했다.

"아, 안녕. 혹시 네가 크리스니?"

"……그런데요."

"그렇구나."

전예은이 웃었다.

"나는 이성진 사장님 비서인 전예은이라고 해. 이야기 많이 들었어. 만나서 반가워."

비서? 저런 꼬맹이가?

'이거, 아무래도 이성진이라는 놈의 성향을 의심해 봐야겠군.'

전예은의 소개를 들은 크리스는 자료 조사를 하며 이성진에게 느낀 약간의 호감마저 싹 달아나는 기분이었다.

그것도 어디까지나 전생의 크리스가 비서를 뽑는 기준이 '용모 단정'에 치우쳐 있던 까닭도 있지만, 그녀가 본격적으로 비서를 채용하던 때엔 이미 어느 정도 각종 업무 분장이 아날로그에서 디지털로 전환이 이루어지던 시대인 이유도 있었다.

그러다 보니 크리스는 평소에도 굳이 비서가 필요한가 하는 생각을 하고 있었고, 노동 난이도가 높지 않은 단순 업무이니 이왕이면 다홍치마라고, 비서 채용 조건은 '용모 단정'이 최우선 조건이어야 하지 않겠냐는 관점도 있었다.

물론, 크리스의 그런 생각을 누가 알았다면 펄쩍 뛰면서 무어라 한 소리를 했겠지만, 어째 전예은의 능력은 크리스에게 닿지 않았다.

그래서일까, 전예은은 곽성훈 곁의 그녀를 보며 자신의 능력이 통하지 않는 크리스에게 의아함과 호기심을 느끼고 있었다.

다만 그런 그녀도 곽성훈에게서는 약간의 불쾌감을, 이성진에게선 평안함을 느낀 것과 달리 크리스에게선 호감에 가까운 호기심을 느끼고 있었다. 거기엔 크리스가 연하의 동성이라는 이유도 한몫하고 있지만, 가장 큰 이유는 크리스에게서 느껴진—이게 정확한 표현일지는 그녀 스스로도 모르겠으나—다채로운 색체의 온도 때문이었다.

전예은이 크리스에게서 느낀 이 공감각은 어느 겨울날 창가로 비스듬히 비쳐 드는 햇살에서 느끼는 편안함, 비오는 날 신발에 물이 들어갔을 때의 불쾌감, 달걀을 깼을 때 노른자가 두 개가 들어있을 때의 행복감 등, 소소하지만 그 자체로 자연스러운 감정들이 그녀 내면이나 주변에 실오라기처럼 머물러 있는 듯 보였다.

그리고 그런 크리스에게선 전예은이 본질적으로 호불호를 느끼거나 할 여지가 없었으니, 전예은은 오롯이 귀엽고 무해한 크리스에 대한 호감만을 느끼고 있었던 것이다.

'왠지 새끼 고양이 같은걸.'

크리스가 그런 전예은의 생각을 알았다면 인상을 찌푸리고 말았겠지만, 두 사람은 다른 모든 이들이 그러하듯 피차 무슨 생각을 하는지 알 턱이 없었다.

크리스를 관찰하느라 깜빡 잊은 전예은이 뒤늦게 본론을 꺼냈다.

"그런데 크리스, 회사에는 어쩐 일이니?"

뭐야, 천희수는 보고도 하지 않은 건가?

이 부분은 천희수의 불찰도 있지만, 엄밀히 따지면 천희수가 소속이 다른 전예은에게 관련 사안을 보고할 의무는 없기에 전예은도 '또 그러시네.' 하는 정도의 가벼운 언짢음만 느낄 뿐이었다.

"천희수 실장님을 따라 왔어요."

"그랬구나. 곽성훈 이사님이랑은?"

"저기 화장실……."

크리스는 곽성훈을 화장실에서 만났다고 말하려다가 얼른 정정했다.

"……앞에서 만났어요."

"아하."

전예은과 함께 휴게실로 자연스럽게 발걸음을 옮기며 크리스는 힐끗, 컴퓨터를 보았다. 이걸 다행이라고 할지, 컴퓨터 모니터에는 윈도우 화면 보호기가 작동 중이었다.

'평소엔 귀찮기만 하던 게 이번엔 득이 됐군.'

다른 상황이면 모를까, 이제 미국에서 막 한국으로 건너온 아이가 인터넷으로 기업 관련 뉴스를 인터넷으로 검색하고 있었다는 건 변명하기 곤란한 요소였으니까.

"그래, 휴게실에 있었니?"

"네."

"뭐 하고 놀았어?"

크리스 연령대의 애 취급에 익숙한 전예은은 고아원에서 하던 대로 크리스를 대했지만, 정작 크리스는 자신을 애 취급하는 전예은이 낯설고 떨떠름했다.

"그냥…… 이것저것 구경하고 있었어요."

"그랬구나."

그리고 컴퓨터 앞에 간 크리스는 슬쩍, 전예은이 눈치채지 않게 컴퓨터 전원 버튼을 눌렀다.

'좋아, 이걸로 일단 안심이다.'

전예은은 갑자기 컴퓨터가 꺼진 것에 무슨 일인가 싶어 그녀를 보았고, 크리스는 어깨를 움츠렸다.

"아, 이 전원 버튼을 눌러야 다시 켜지는 줄 알았어요."

"그럴 땐 그냥 마우스만 조금 움직여도 돼."

다행히 전예은은 크리스의 행동에 별다른 의심을 품지 않았다.

'순진한 건지, 멍청한 건지……. 보니까 왠지 나이도 어린 거 같은데.'

크리스는 '그래도 명색이 이성진의 비서니까, 뭐라도 좀 알지 않을까' 하는 생각으로 전예은에게 조금 친절해지기로 했다.

"언니, 컴퓨터 잘 아시네요?"

“그 정도는 아니야.”

전예은이 웃었다.

“그냥 기본적인 것만 하는 정도고……. 이 회사에는 컴퓨터 잘하는 사람이 많거든.”

“그런가요?”

이걸로 SJ컴퍼니란 회사가 뭘 만드는 회사인가 하는 것도 캐낼 수 있겠군.

“그러면 언니, 이 회사는 컴퓨터로 뭘 만드는 회사인가요?”

전예은은 크리스가 첫인상에서 생각했던 것보다 낯을 가리지 않고 사교적이라고 생각하며 대답했다.

“우리는 컴퓨터에 쓰는 각종 프로그램을 만들어.”

그러면서 전예은은 전예은의 눈높이에 맞춰 SJ컴퍼니에서 하는 일을 설명해 주었다.

크리스는 전예은의 설명을 들으며 고개를 끄덕였다.

‘즉, 그러니까 본업 자체는 프로그래머 아웃소싱 전문 회사란 거로군.’

그렇지만 SJ컴퍼니의 본질은 단순한 프로그래밍 외주 회사로 그치는 것이 아닌, 홀딩스 즉 지주회사에 가깝지 않을까 생각했다.

‘프로그래밍 중심으로 회사를 굴리는 건 아마 그놈이 전생에 관련 전공자였든가, 아니면 그 일이 이 회사 창업 과정과 밀접하게 연결되어 있기 때문이겠지.’

생각을 정리한 크리스는 천진난만하게 물었다.
“하지만 언니, 제가 들으니까 이 회사 지하에 있는 식당도 사장님 거라던데요? 게다가 공동 대표라고 천희수 실장님께 들은 거 같은데.”
“어머, 그것도 들었구나?”
전예은은 빙긋 웃으며 대답해 주었다.
“맞아, 시저스라고 하는 곳인데 맛있는 이탈리아 요리를 만들어. 괜찮으면 오늘 점심때 가 볼래?”
“……생각해 볼게요. 그런데 공동 대표면, 이성진 사장님 말고 다른 분도 있다는 건가요?”
크리스는 은근슬쩍 핵심 질문을 던졌지만, 전예은은 어째 바로 넘어가질 않았다.
“그럼 오늘 점심때 가서 소개해 줄게. 분명 그 언니도 크리스를 좋아해 줄 거야.”
언니라.
‘그렇다는 건 공동 대표가 여자란 뜻인데.’
그래도 이 상황에서 더 꼬치꼬치 캐묻는 건 부자연스러운 일이었기에, 크리스는 어차피 조만간 알게 될 사실에 대해 조바심을 내진 않았다.
이후 크리스는 선을 넘지 않는 범주에서, 어디까지나 호기심 많은 어린애가 할 법한 질문을 전예은에게 던져 가며 회사와 관련한 정보를 캐냈다.

그러다가 밀린 업무가 생각난 전예은이 '그러면 나중에 점심 같이 먹자'며 떠났고, 크리스는 웃는 얼굴로 그녀를 배웅해 준 직후 표정을 고쳤다.

'흠, 그렇단 말이지.'

크리스가 고개를 끄덕였다.

'어쨌건 인터넷에서 찾은 정보를 규합해, SJ컴퍼니가 어떤 회사인가 하는 건 대강이나마 알 것 같군.'

그리고 크리스는 아무도 없는 것을 확인한 뒤 컴퓨터를 켰다.

'점심을 먹기 전까지 자료를 더 찾아볼까.'

그런데, 컴퓨터가 먹통이었다.

'뭔데, 설마 고작 그거 강제 종료했다고 고장 난 거야?'

이 시대 컴퓨터는 운이 나쁘면 그런 경우가 왕왕 있어서, 이는 개구리 컴퓨터의 주된 A/S 사유이기도 했다.

'……씁, 이걸 어쩐다.'

좋아, 일단 모른 척하자.

예정된 시간이 되자 전예은은 칼같이 크리스를 데리러 왔다.

"갈까?"

"네, 언니. 저, 그런데 천희수 실장님께는 말씀드리지 않아도 되나요?"

"걱정 마, 돌아가서 다 이야기 해 뒀거든."

흠, 이 여자 보기보다 유능한 건가?

크리스도 영 미덥지 못한 천희수가 혹으로 딸려 있는 것보단 천희수보다 아는 정보가 많고, 사근사근 대답을 잘해 주는 전예은과 동행하는 것이 한결 나았기에 전예은의 선택을 반겼다.

"알겠어요. 그럼 가요."

"응, 언니 손잡고 가자."

비록 애 취급을 하긴 했지만.

평소라면 전예은의 사적인 정보 따윈 궁금해할 일이 없겠지만, 크리스는 문득 생각나서 물어보았다.

"그런데 언니는 몇 살이에요?"

자고로 여자의 나이를 묻는 건 어떻단 말이 있었지만 크리스는 지금 본인의 지위를 적극적으로 활용했다.

"그게 궁금해?"

"네."

"음, 실은 한국 나이로 열여섯 살이야. 크리스, 한국 나이가 뭔지는 아니?"

"네. 한국에서는 태어난 날을 한 살로 친다고 들었어요."

"똑똑하네."

그나저나 열여섯? 내가 잘못 본 게 아니라 진짜로 애였군.

'게다가 어디 보자, 원래라면 고등학교 1학년생이란 말이지? 그런데 학교도 안 가고 여기서 비서를 하고 있다?'

크리스의 궁금증이 겉으로 드러났는지, 전예은은 살짝 쓴 웃음을 지었다.

"뭐, 원래라면 언니도 고등학교에 갈 나이이긴 한데……. 심사숙고 끝에 내린 결정이야. 아, 심사숙고란 건……."

"무슨 뜻인지 알아요. 그런데 왜 그렇게 하셨어요?"

"음……."

전예은은 그다지 남들 앞에서 말하고 싶지 않은 내용이었지만, 크리스가 처한 환경도 자신과 크게 다르지 않다는 생각에 동질감을 느껴 둘러대는 일 없이 사실대로 말했다.

"언니도 자라 온 환경이 특이한 편이거든."

"무슨 뜻이에요?"

전예은은 엘리베이터를 기다리며 자신이 고아원에서 자랐으며, 그러다가 인연이 닿아 이성진 아래에서 비서로 일하게 되었다는 이야기를 조곤조곤 들려주었다.

'흠, 그렇다고 하니 이해는 가는군.'

크리스는 전예은의 처지를 섣불리 동정하지도 않았고, 오히려 합리적이라고까지 생각했다.

'어차피 취업할 기회가 생긴 거라면 구태여 고등학교 학위가 필요한 것도 아니니.'

그렇게 생각한 크리스가 고개를 끄덕였다.

“괜찮네요.”

“그렇게 생각해?”

“네. 저는 굳이 그럴 필요가 없으면 하지 않아도 된다고 생각하거든요.”

빈말로 들리지 않는 크리스의 대답에 전예은은 그녀를 꼭 끌어안아 주고 싶었다.

그녀 자신의 선택에 대해 사람들은—심지어 이성진조차도—그게 최선은 아닐 거라는 식의 의견을 보이고는 했으므로, 전예은은 크리스의 긍정에 왠지 위로를 얻은 기분이었다.

뭐, 정작 크리스는 전예은이 뭘 하건 자신이 알 바 아니라는 생각에서 그런 말을 한 것뿐이었지만.

지하에 자리한 시저스는 천희수에게 들은 대로 성황리에 영업 중이었다.

“아, 크리스 왔구나? 예은이도 안녕.”

“안녕하세요, 은수 언니.”

전예은은 신은수에게 인사한 직후 고개를 갸웃했다.

“언니, 크리스랑 아는 사이예요?”

“오늘 빌딩 입구에서 만났거든. 혹시 길을 잃었나? 해서 말을 걸었지 뭐야.”

“그러셨군요.”

그사이 식당을 둘러본 크리스는 내심 감탄하며 고개를 끄덕였다.

'이건 패밀리 레스토랑이군. 그것도 지금 기준에서는 꽤나 빠른 뷔페형…….'

이번에도 미래의 지식을 활용한 걸까.

비록 인테리어는 영 취향이 아니었지만, 크리스는 이 시대에는 이런 게 먹히려니 생각하기로 했다.

'아무튼 이번에도 굳이 할 필요가 없는 일을 했군……. 음?'

크리스는 전예은과 신은수 곁으로 다가온 여자를 보고 눈을 가늘게 떴다.

'저거 설마, 정금례인가?'

아니나 다를까, 제니퍼(정금례)를 발견한 전예은이 먼저 인사했다.

"안녕하세요, 제니퍼 사장님."

"응, 밥 먹으러 왔니?"

"네. 아, 여기는……."

크리스를 본 제니퍼가 눈을 반짝 빛냈다.

"어머, 귀여워라. 얘, 이름이 뭐니?"

"……크리스입니다."

"그랬구나, 언니는 제니퍼라고 해."

제니퍼? 역시 정금례가 맞았군.

'……흠, 이거 참. 이거 정금례까지 끌어들였단 말이지?'

그제야 머릿속으로 퍼즐 한 조각이 맞춰진 크리스는 아무래도 이성진이라는 놈은 생각 이상으로 만만치 않은 놈일 것 같다고 생각했다.

나는 수업을 마치자마자 조세화가 보내 준, 주차장에서 대기 중인 차량에 올라탔다.

"안녕하세요. 오늘도 잘 부탁드려요."

"예."

다만 조세화의 전속 운전기사는 사교성이 부족한 모양인지 내가 건넨 인사며 말에도 단답으로 답할 뿐이어서, 오늘도 나는 조성광 자택으로 향하는 동안 침묵 속에 잠겨야 했다.

'이거 참, 회사에 전화를 걸어 보고 싶은데 왠지 그럴 분위기도 아닌 거 같고.'

그래도 무소식이 희소식이라고 했겠다, 아마도 별일 없을 것이다.

그렇게 뒷좌석에 앉아 서류를 검토하던 나는 이윽고 교외에 자리한, 조성광이 조세화에게 물려준 자택에 도착했다.

"왔어?"

차에서 내리자마자 조세화가 나를 반겼다.

"응, 별일 없었지?"

안부 인사 겸 던진 내 질문에 조세화는 그렇다고 답하지 않고 난감한 기색을 표하며 목소리를 살짝 낮췄다.
"있어."
"……무슨 일인데?"
"오전에 성진이 네가 어제 말한대도 광금후를 만났는데……."
뭐야, 설마 광금후를 납치 감금했다는 건 아니겠지?
"일이 좀 이상하게 돌아가는 분위기야."
그렇게 운을 뗀 조세화는 자택으로 발걸음을 옮기며 광금후와 있었던 일을 시간 순서대로 늘어놓았다.
'거참, 조광 그룹을 집어삼키고 싶다는 야망과 꿍꿍이속이 훤히 들여다보이는군.'
그러다가 나는 조세화가 말한 대목에서 멈칫했다.
"전화를 받자마자 급하게 헤어졌다고?"
"응, 사실상 그 사람이 내 후견인이 되는 것이 시간문제였는데도 얼굴이 파랗게 질려서는 바로 떠나 버렸지 뭐야. 무슨 일일까?"
"……그러게."
혹시 구봉팔과 강이찬이 부산에서 뭔가를 하기라도 한 걸까? 요즘 들어 보고가 뜸해서 무소식이 희소식이라고 생각하고 있었는데.
'아니, 그걸로 무슨 일인가가 벌어졌다면 두 사람 중 누군가가 내게 연락을 했을 거야.'

혹시 김철수는 관련해서 뭔가 알고 있지 않을까, 생각하고 있었더니 내 주머니 속에서 핸드폰이 짧은 진동을 울렸다.

'문자 메시지.'

왠지 예감상 회사 쪽 일이거나 윤아름의 시시껄렁한 문자는 아닐 것 같다는 생각이 들었다. 나는 조세화가 사용하고 있는 방에 들어가기 전 그녀에게 말을 건넸다.

"미안, 잠시 화장실 좀 다녀와도 돼?"

"아, 응. 그래."

조세화에게 양해를 구한 뒤, 나는 복도에 접한 화장실로 들어가 문자 메시지를 확인했다.

—일산출판사입니다. 확인 후 전화 주세요.

김철수였다.

'이 인간도 양반은 못 되겠어.'

나는 화장실 밖 복도에 오가는 사람이 없는 걸 확인한 뒤, 문을 걸어 잠그고 김철수의 핸드폰에 전화를 걸었다.

짧은 착신음 직후 김철수가 전화를 받았다.

—네, 일산출판사 영업팀 김철수입니다.

"안녕하세요, SJ컴퍼니 이성진 사장입니다. 문자 메시지 확인 후 연락드렸습니다."

잠시 부스럭거리는 소리가 들린 뒤, 김철수가 어조를 고쳐

다시 말했다.

–아, 네. 사장님. 전화 주셔서 감사드립니다. 지금 통화 가능하신지요? 외부로 새어 나가면 조금 곤란한 사업 이야기여서요.

"잠시라면 가능합니다."

–그러시군요.

김철수는 잠시 뜸을 들인 뒤 목소리를 낮추며 빠르게 말을 이었다.

–신진물산에 압수수색 영장이 발부되었습니다.

나는 김철수의 말에 흠칫하지 않을 수가 없었다.

"정말입니까?"

–저도 잠시 짬을 내서 전화 중이라 농담할 여유는 없거든요.

"……흠."

제아무리 지금이 검찰이 무소불위의 막강한 힘을 휘두를 수 있는 시대라지만, 영장이 그렇게 쉽게 발부되거나 할 일인가?

'그것도 민간 기업에 대한 압수수색 영장인데.'

혼란에 빠진 사이 김철수가 내게 슬쩍 물었다.

–혹시나 해서 여쭙는 겁니다만, 사장님. 관련 사안에 대해서 누군가에게 알리셨습니까?

그 질문에 나는 기분이 더러워졌다.

"그럴 리가요."

사람을 뭐로 보고.

오히려 이번 일은 내게도 당혹스러운 일로, 광금후는 이번 계획에서 몰락이 예정된 인물이기는 하나 이런 식으로 갑작스럽게 전개되어서는 안 될 일이었다.

–하하, 그렇죠? 저도 압니다. 사장님께서 그러실 리가 없죠. 혹시나 해서 여쭤본 것뿐이니 양해해 주십시오.

말은 그렇게 하지만 김철수도 내 쪽에서 정보가 샌 것은 아닌가 하고 의심하는 눈치였다.

'정말이지, 사람 기분 나쁘게 하는 데는 재능을 타고났어.'

김철수가 말을 이었다.

–아무튼 이번 안건은 사장님도 알고 계셔야 할 거 같아 바쁘신 와중에 연락드렸습니다. 혹시 나중에 추가로 알게 되는 사안이 있다면 또 연락드리겠습니다.

별로 내키지는 않지만, 지금은 그와 협력 관계이니 받아들이기로 했다.

"알겠습니다. 그렇게 해 주세요. 그런데, 이번 일로 향후 일정에 변동이 생길까요?"

김철수는 잠시 뜸을 들인 뒤 대답했다.

–그건 저쪽이 어떻게 나오느냐에 따라 달라지겠죠.

왠지 김철수답지 않게 자신감이 결여된 대답이었다.

–뭐, 그만큼 이번 일은 저도 예상 못 한 사안이어서 말입니다. 그래도 어떻게든 되지 않겠습니까? 하하하.

방금 전엔 잠시 그의 진심을 엿본 기분이었는데, 그것도 이내 그의 괜스런 허세에 다시 묻히고 말았다.

"……알겠습니다. 당분간은 저도 추이를 지켜보기로 하죠."

왠지 이것 외에도 내게 말하지 않고 숨기는 일이 있을 것 같지만, 나는 더 묻지 않기로 했다.

'마침 복도를 울리는 발소리도 들리고.'

나는 얼른 입을 뗐다.

"그럼 바쁘신데 연락 주셔서 감사했습니다. 먼저 끊겠습니다."

–예.

나는 전화를 끊은 뒤, 일부러 쏴아아, 변기 물을 내렸다.

'신진물산에 압수수색 영장이 발부되었다라.'

나는 손을 씻으며 그 일의 의미를 생각했다.

'이쪽에선 정보를 흘리지 않았고, 조세화 역시 그럴 여유도, 이유도 없었으니 경찰 쪽에서 자발적으로 뭔가 알아낸 건가?'

정진건은 유능한 인물이다.

그 휘하의 강하윤도 아직 미숙한 티가 조금 있기는 하지만 마찬가지로 자질이 엿보이는 인물인 데다가 그들에겐 양상춘이라는 브레인도 도움을 주고 있다.

'그리고 최근엔 여진환이란 인물도 합류했지.'

여진환과는 잠깐 만나 본 것이 고작이었지만, 그 또한 만만치 않은 가능성이 보이는 인재였다.

'그게 내게 도움이 될지 안 될지는 모르지만……. 음, 혹시

여진환이 뒷배를 써서 판사에게 영장을 받아 낸 건?'

에이, 설마. 그건 아닐 것이다.

'보아하니 자신의 집안이 어떻다는 걸 숨기고 싶어 하는 느낌이었고…… 애당초 그럴 인간이면 처음부터 다른 일을 노렸을 테지.'

아무튼 그렇게 됐으니, 조세화가 방금 전 내게 말했던, 광금후가 '얼굴이 파랗게 질려서' 급하게 자리를 뜬 이유가 무엇이었는지 이제는 알 것 같다.

'그래도 조세화에겐 비밀로 해야겠지.'

어차피 신진물산에 압수수색 영장이 발부되었다는 이야기쯤은 곧 그녀 귀에도 들어갈 테고.

'그나저나 안기부도 그런 걸 몰랐던 걸 보면, 일 자체는 일사천리로 진행되었던 모양이군.'

이번 일로 사법부가 안기부의 영향을 받지 않는다는 걸 알게 되었지만, 지금 나로서는 이 상황을 기뻐해야 할지, 어쩔지.

손을 씻고 난 뒤, 화장실 문을 열자 쟁반에 찻잔을 얹고 선 조세화와 마주쳤다.

"아, 끝냈어?"

"……이제 막 화장실을 나온 사람에게 그 말은 좀 어떨까 싶은데."

"미안, 나도 놀라서."

조세화가 멋쩍은 듯 웃었다.

“엿들을 생각은 없었는데, 전화하는 소리가 들리기에. 회사?”

“뭐, 그런 셈이야.”

나는 대강 둘러대며 조세화가 들고 있는 쟁반을 대신 받았다.

“내가 들게.”

“고마워.”

조세화는 내 곁에 따라붙으며 입을 뗐다.

“그나저나 성진이 너는 어떻게 생각해?”

“뭘?”

“광금후 말이야. 왜 이야기 도중에 자리를 박차고 나갔을까?”

나는 방금 전 김철수를 통해 그 이유를 알고 있었지만, 모르는 척했다.

“글쎄……. 세화 넌 뭔가 짐작 가는 거 있어?”

“음, 내 생각에는…….”

조세화는 자신이 생각한 바를 내게 말하려다가 입을 꾹 다물었다. 물론 관련해서 그녀 나름대로 짐작 가는 바가 있겠지만, 조세화는 내가 조광의 어둠에 대해 알게 되는 걸 원치 않는 것이다.

“……아니, 나도 모르겠어. 어쨌거나 도중에 산통 다 깨고 말았는데, 이래도 될까 몰라.”

“긍정적으로 보자면 일단 세화 네 의사는 명확하게 전달했으니까 문제없을 거야. 어쩌면 나중에라도 변호사를 보내 후견인 등록을 하게 될지도 모르고.”

“응…….”

조세화는 광금후가 자신의 후견인이 되는 일이 영 내키지 않는 듯 마지못해 고개를 끄덕였다.

“그러면 부정적인 관점에서는?”

“별로 생각하고 싶지는 않지만 도중에 마음이 바뀌었을 수도 있지.”

“마음이 바뀌었다?”

이건 만에 하나 광금후가 이번 일로 자신의 입장을 신중하게 가져가려고 할 경우의 이야기지만, 조세화도 그 점은 염두에 두란 의미에서 나는 그녀에게 내가 생각한 바를 말해주었다.

“이건 광금후 입장에서도 멀리 돌아가는 일이기는 한데……. 만약 이대로 광금후가 세화 네 후견인이 되지 않기로 생각하더라도 그에겐 나쁠 것 없는 이야기거든. 그도 그럴 게 이미 사실상 회사 장악은 끝난 것이나 다름없고 말이야.”

내 말에 조세화는 떨떠름해하는 얼굴을 감추지 않았다.

“성진이 넌 그 사람이 그럴 거라고 생각해?”

“어디까지나 만에 하나 그럴지도 모른다는 거지. 그럴 가

능성은 희박하다고 봐. 그 왜, 오늘 너도 광금후를 만나서 꽤 긍정적인 의향을 내비치기도 했고."

"……으응."

비록 '만에 하나'라는 단서를 달긴 했지만, 검찰 측의 압수수색 결과에 따라서는 광금후가 보신을 하려 들지도 모른다.

'역으로 궁지에 몰린 그가 더더욱 조세화를 끌어들이고 싶어 할지도 모르지만.'

그것도 어디까지나 '결과에 따라서'다.

'나로서는 광금후가 장부 관리를 허술하게 하지 않았기를 바랄 수밖에.'

내 입장에서도 광금후가 조세화의 존재를 배제하고 주주총회를 진행하는 일은 바람직하지 않았다. 그도 그럴 것이, 그가 주주총회 자리에서 조세화가 설립할 합자회사에 반대를 하면 나로서도 이번 일은 죽 쒀서 개 준 꼴이 되고 말 테니까.

"휴우."

조세화는 진절머리가 난다는 듯 한숨을 내쉬며 고개를 저었다.

"아무튼 알겠어. 광금후가 그런 식으로 나올 예정이라면 나도 그에 대한 대비를 해 둬야겠네."

"대비? 어떤?"

"……그런 게 있어. 어쨌거나 나도 가만히 앉아서 당하고만 있을 수는 없으니까.

흠, 혹시나 조설훈과 조지훈의 죽음에 대한 의혹을 밝혀 조지훈 파벌을 끌어들이거나 하려는 건 아니겠지?

'아니, 말 그대로 그건 최후의 수단이야. 그랬다간 조설훈이 조지훈을 살해했다는 것이 드러날 테고, 사실상 조설훈의 딸인 조세화의 입장도 난처해지지.'

그러니 이는 조세화 입장에서도 최후의 수단이지만, 그녀 입장에선 회사가 광금후에게 넘어가는 꼴을 보느니 차라리 폭탄을 떨어트리고 말 것을 택하게 되리라.

뭐, 그렇게 된다면 내 쪽에서도 조세화가 조성광의 손녀가 아닌, 직계 혈속이라는 폭탄을 터뜨리면 그만이긴 하다만.

'……그것도 어디까지나 최후의 수단이지.'

핵폭탄을 터뜨려 승리를 거둔다 한들 그건 피로스의 승리라 불리는 상처뿐인 영광만을 거머쥐게 될 뿐이다.

그러니 지금으로선 계획대로 흘러가 주는 것이 나중을 위해서도 최선의 방책이었다.

"됐어. 그보단 다른 이야기하자."

조세화가 어조를 고쳐 일부러 밝게 말했다.

"어젯밤 전화로 듣기는 했는데, 그때는 나도 경황이 없었거든. 신화호텔에서 이 집을 사는 일에 방송국까지 나선다니, 대체 어떻게 된 이야기야?"

그래, 조세화에게는 그 이야기를 해 주어야겠군.

5장

유년기 시절 추억이 서린 집을 생판 남에게 매각하는 일이니 조세화에게도 유쾌할 턱이 없는 이야기겠지만, 광금후를 입에 담는 것보단 상대적으로 낫단 것이리라.

나는 방으로 들어와 자리를 잡은 뒤, 입을 뗐다.

"일단 알아 둘 건, 처음엔 신화호텔 측도 이 집을 매수하는 일에 미온적이었단 거야."

"……응, 나도 이해해."

조세화가 방에 비치된 포트에 물을 끓이며 고개를 끄덕였다.

"그런데 왜 신화호텔이었어?"

"그야, 집 자체는 크고 훌륭하니까. 외국인 손님들이 이 한옥 저택을 마음에 들어 할 거라고 봤거든."

말은 그렇게 했지만 신화호텔을 끌어들인 실질적인 이유는 조세화와 설립할 합자회사가 유통업을 하게 될 테니, S&S의 공동 대표를 맡고 있는 이미라를 납득시키기 위함이었다.

'어쨌건 내부에서 카니발리이제이션이 일어나는 건 미연에 방지해야 할 테니까.'

조세화는 이 집에 대한 내 칭찬이 싫지는 않은 듯 손가락으로 머리카락을 빙빙 꼬았다.

"뭐, 그건 그렇지. 그래서 신화호텔을 통해 민박으로 개조하려고?"

"그것도 어디까지나 신화호텔이 이 집을 매수한 뒤의 일이고, 이후는 내가 관여할 수 없는 일이지만."

조세화는 내 말을 곰곰이 생각하다가 입을 열었다.

"나도 처음엔 성진이 네가 신화호텔이랑 이야기를 한다고 해서 놀라긴 했지만, 나쁘지 않을 거 같아. 다만 신화호텔에서 미온적으로 나왔다는 건, 이 집이 지리적으로 교외에 있으니까 그런 거니?"

"그것도 영향을 주었겠지만…… 좀 더 정확히는 신화호텔 측은 아직 그 일에 대해 뚜렷한 비전이 없어서겠지."

이 집에 자부심을 갖고 있는 조세화와 달리, 이 집에 방문해 본 적도, 당시엔 조감도도 보지 못했을 이미라는 내 제안을 냉정하게 받아들였다.

다른 한편으론 이 집이 갖는 상징성에 대해 이미라는 납득하고 있을지 모르나, 신화호텔 법인에서 저택을 매수하도록 이사들을 설득하는 일은 그와 별개의 일이니까.

"그래서 겸사겸사 방송을 이용해 보기로 한 거야."

"응, 먼나라 이웃사촌 말이지?"

"맞아. 실제로 외국인의 반응을 보여 준다면 신화호텔 측도 납득할 거라고 생각했거든."

즉, 이번 방송은 이미라로 하여금 이사들을 설득할 포트폴리오 역할도 겸하는 것이다.

"괜찮을 거 같아."

조세화가 고개를 끄덕였다.

"그런데 방송에 내보내는 거, 가능한 거니?"

"이미 그쪽은 이야기가 끝났어."

"벌써?"

"응. 마침 먼나라 이웃사촌 제작사랑 개인적으로 잘 알고 지내는 사이여서. 게다가 이번에는……."

나는 일부러 잠시 뜸을 들였다가 말을 이었다.

"비밀인데, 무려 장여옥이 올 예정이거든."

"아, 그렇구나."

"……."

"……응? 놀라야 하는 일이야?"

조세화의 멀뚱멀뚱한 얼굴에 솔직히 김이 좀 샜다.

"장여옥 몰라?"

"알아."

조세화가 입을 삐죽였다.

"홍콩 영화배우잖아. 나도 그 정도 상식은 있다, 뭐."

"그런데도 네 반응이 영 덤덤해서 말이지."

"뭐래, 유명 인사를 만나 본 게 이번이 처음도 아니고. 오히려 대단하기로 치면 네 할아버님을 뵌 게 더 대단한 일이지 않니?"

음, 이게 태생부터 재벌가인 아가씨의 태도인 거구먼.

'뭐, 상식 운운한 시점에서 보자면 아마 장여옥이 누구라는 건 알아도 그녀가 출연한 영화를 본 적까진 없는 거겠지만.'

나는 고개를 저었다.

"아무튼 나도 네가 관계자니 말했지만 이건 비밀로 해 줘."

"말할 사람도 없는걸?"

"그 왜, 양상춘 박사님이라든가 강하윤 형사님이 있잖아."

"음……. 그러게. 하긴, 박사님이랑 언니는 장여옥 팬일지도 모르겠다."

깜빡한 듯 말하는 걸 보니 광금후와 관련한 이야기가 조세화에게서 새어 나간 건 아닌 모양이다.

'보아하니 두 사람을 만나지 않은 지도 꽤 된 모양이고.'

포트의 물이 다 끓자 딸깍, 하는 소리가 들렸다.

조세화가 찻잔에 뜨거운 물을 부으니 말린 국화꽃이 떠오르며 향기를 냈다.

"그나저나."

조세화가 말을 이었다.

"어제 통화한 대표님 말이야, 성진이 너랑 어떤 사이니? 나도 신화호텔 대표님이 네 친척이라는 것까지는 아는데."

"정확히는 당고모님이셔."

"당고모님?"

주변 친척 관계가 사촌에 그칠 뿐인 조세화는 당숙과 가까이서 지내는 내가 조금 신기한 듯했다.

"그렇구나. 그러면 할아버님에겐 조카분이시겠네."

"그렇지. 내 큰할아버님의 따님 되시는 분이거든."

"당고모님 외에 다른 당숙 어르신도 계시니?"

"응, 당장 세화 너도 알고 있는 진영이 형이 내 육촌 형이니까. 진영이 형 아버지가 지금 삼광물산 대표로 계시는 분이고, 그 외에도 우리 그룹 재단 이사장이신 큰 당숙 어르신이 계셔."

"흐음."

경영권 승계를 놓고 다툰 결과를 직접적으로 체감하고 있는 조세화는 삼광 그룹이 별탈 없이 경영권 분리가 이뤄진 것에 흥미를 보이는 모양이었지만, 그건 조세화의 착각이다.

이번 생에 들어서는 어째 다행히 잘 풀리는 모양새지만, 전생에만 하더라도 이휘철의 갑작스러운 죽음으로 삼광 그룹은 사분오열되기 직전에 놓이다시피 했다.

그런 와중 전생에 삼광 그룹이 대한민국을 대표하는 대기업으로 거듭날 수 있었던 데에는 삼광전자를 그 누구도 무시 못 할 위치로 키워 낸 이태석의 공로가 컸다.

그 전까지만 하더라도 삼광 그룹은 이름과 역사만 공유할 뿐 사실상 각각이 분리 독립한 것이나 진배없었으니까.

'그것도 결국엔 구심점인 이태석이 쓰러지고 난 뒤부턴 개판이 났던 것이 내가 마지막으로 기억하는 삼광의 모습이었지.'

아마 그땐 이미 이성진이 망나니가 아닌 시근이 멀쩡한 경영자로 성장했더라도 마찬가지였을 것이다.

'그러니 나로서는 저 먼 친척들과 적절한 거리감을 유지하면서 나를 만만히 보지 않도록 하는 게 중요한 것인데…….'

따지고 보면, 나로서는 이번 일에 이미라를 끌어들인 것도 내게 닥칠 미래를 대비하는 일환이기도 했다.

이미라 한 사람이라도—설령 그것이 경영상의 이유 때문이라 하더라도—내 편이 되어 준다면, 나로서는 미래의 적 하나를 줄이는 일이 된다.

'그래서 이번엔 이진영이랑도 친하게 지내 보려 노력하고 있는데…… 솔직한 심경으론 아직도 그놈을 믿어도 될지 모르겠단 말이지.'

그나마 현 시점에서 이태환과는 재단 일로 엮어 둔 데다가 그 아들인 이남진을 내 비서인 윤선희와 맺어 주었으니, 지금은 이진영과 그 부친인 이태환을 예의 주시해야 할 듯하다.

그렇게 조세화와 마주 앉아 두런두런 이야기를 나누는 사이, 밖에서 차가 도착하는 소리가 들렸다.

'왔군. 그럼 슬슬 나가 볼까.'

후와, 배 터지겠네.

크리스는 간신히 숨을 고르며, 오늘 원피스를 입고 와서 다행이라고 생각했다.

'이래서 임산부들이 원피스를 입는 거였군.'

전예은이 그런 크리스를 보며 웃었다.

"맛있었니?"

"아……. 네."

크리스는 전예은 앞에서 긴장의 끈을 놓고 만 것에 다소 떨떠름하게 답했다.

"꽤 괜찮네요."

요리도 예술의 범주이다 보니 부자들의 향락 중 하나가 좋은 요리사를 발굴해서 파인 다이닝 레스토랑에 후원하는 것도 있었던 만큼, 내심 이성진이 이런 훌륭한 레스토랑의 (공동이긴 하지만)오너라는 걸 인정하고 싶지 않았던 것이다.

전예은은 크리스의 새치름한 대답을 어떻게 받아들였는지

그런 모습도 귀엽다는 듯 흐뭇하게 웃어 보일 뿐이었다.

"후후, 그래."

솔직히 별로 기대는 하지 않았다.

사실 패밀리 레스토랑이라는 것이 다 거기서 거기인 데다, 이 시저스라는 식당이 성행하는 것도 어디까지나 이 시대에 아직 없는 그럴듯하면서 가성비 좋은 뷔페이기 때문에 그런 거라고 생각했을 뿐이었다.

'그래도 뭐, 인정할 건 인정해야지. 여기는 전생의 내 기준을 놓고 보아도 만듦새가 꽤 괜찮았거든.'

그러다 보니 입이 비뚤어져도 그랬다고 말은 하지 않겠지만 크리스는 무심결에 옛날 습관처럼 '셰프를 불러 달라'고 말할 뻔한 걸 참아야 했다.

'아무래도 꽤 좋은 헤드 쉐프를 발굴해 낸 모양이지?'

미래를 알고 있다면 아직 제 몸값을 받기 전인 유망주도 얼마든지 기용할 수 있을 테니까.

'……그나저나 이성진 그놈은 어떻게 정금례를 이 일에 끌어들인 걸까.'

그리고 정금례(제니퍼)가 여기 있다는 건, 해림식품도 전생과 다른 행보를 걷고 있으리라는 짐작도 가능했다.

'나 원, 뭐가 어디서부터 어떻게 바뀌었는지를 모르니.'

그러고 있으니 두 사람이 있는 VIP룸에(보통 아무에게나 내주지는 않지만 모처럼 제니퍼가 특별히 배려해 주었다) 신은주가 찾아왔다.

"손님, 식사는 맛있었나요?"

그렇게 묻고는 있지만 이미 빈 접시를 보고 어땠는지 다 안다는 듯 싱글벙글 웃는 얼굴이었다.

"……뭐, 그럭저럭요."

크리스의 대답에 신은수는 방금 전 전예은처럼 웃었다.

"요 녀석, 솔직하지 못하기는. 그런 식으로 나오면 언니가 우리 셰프 특제 디저트를 안 내오는 수가 있어."

"……손님한테 그래도 돼요?"

신은수는 일부러 짓궂게 말했다.

"뭐래, 돈 내는 손님 아니면 그냥 식객이지."

"돈 안 내요?"

"응, 사장님 서비스야. 예은이한테 들으니까 성진이 손님이라면서? 성진이 손님이면 우리 제니퍼 사장님 손님이기도 하니까."

흠, 심지어 이성진이랑 꽤 친하기까지 한 모양이다.

'이성진 이놈은 정금례를 대체 어떻게 구워삶은 거지?'

크리스의 기억에 있는 제니퍼는 남들과 쉽게 친해지기 힘든, 어딘지 음울한 구석마저 있는 그런 인간이었다.

그런데 아까 스치듯 보았을 때 그녀에게선 그런 구석이라곤 찾으려야 찾을 수가 없었고, 그러기는커녕 외향적이고 활달해 보이기까지 해서 크리스도 처음엔 '내가 사람을 잘못 봤나?' 생각할 정도였다.

'그러다 보니 나도 그 여자랑은 별로 친하게 지낸 건 아니지만……. 잠깐 그러고 보니 그런 소문도 있었더랬지.'

크리스의 머릿속에 떠오른 건, 제니퍼가 젊을 때 자체적으로 패밀리 레스토랑을 경영해 보려다가 실패한 적이 있다는 내용이었다.

사실 그 정도야 어디에나 있는 흔한 이야기였다.

'또, 보통 서민들은 그런 실패를 딛고 일어서기 힘들겠지만 우리 같은 사람에겐 그렇지만도 않거든.'

그래서 이후 제니퍼가 제정신을 차리고 해림식품에서 경영자 교육을 받아 (전생의)오늘날 HL식품 오너로 거듭난 것이라는 게 세간의 중론이었는데…….

'이번에는 그런 실패를 겪지 않고 승승장구를 한 결과, 이렇게 되었단 말인가?'

고작 젊을 때 성공과 실패 하나로 사람이 이렇게 바뀌다니, 이런 게 나비효과인 건가.

그러고 있으니 바깥에서 이야기를 듣고 있었는지 제니퍼가 쓴웃음을 지으며 다가왔다.

"은수야, 애 좀 그만 놀려."

"아, 언니 왔어요?"

"아무튼 평소엔 멀쩡한데 귀여운 애만 보면 저런다니깐. 크리스 네가 이해해 주렴."

제니퍼가 웃으며 쟁반을 내려놓았다.

"자, 티라미수. 오전에 우리 셰프가 우리끼리 먹으라고 만들어 두고 간 거지만, 특별 서비스야."

그런 제니퍼를 보며 크리스는 멍한 얼굴로 고개를 끄덕였다.

"아……. 네."

이거 참, 부하 직원이랑 언니 동생 하면서 맞먹기까지 하는데?

'정말로 내가 아는 정금례가 맞나?'

그래서 크리스는 혹시 정금례(크리스)도 자신처럼 생판 모르는 타인의 몸에서 깨어난 전생자인가 하고 잠시 생각할 정도였다.

'뭐, 어쨌거나 셰프가 직접 만들었다니 맛은 봐 주지. 음, 어디까지나 이 식당의 가치 평가를 위해서야.'

그러며 저도 모르게 입가에 미소가 번지고 말았는지, 그런 크리스를 보며 세 여자는 또 웃었다.

그러며 제니퍼가 자연스럽게 전예은을 보았다.

"그런데 성진이는 안 왔네? 걔, 요즘도 바쁘니? 아, 맞다. 개학했지. 아직 학교에 있을 시간인가."

"아뇨. 그렇다기보다는…… 요즘 들어 조금 더 바쁘신 거 같아요."

전예은의 변호를 들으며 제니퍼가 픽 웃었다.

"걔도 워낙 불필요한 일을 사서 하는 경향이 있으니까. 그래, 오늘은 또 무슨 오지랖을 부리러 갔니?"

"조광 그룹 쪽 일이라고 들었어요."

"아직도?"

두 사람의 대화를 들으며 크리스는 티라미수를 입에 넣으려다 말고 멈칫했다.

'조광? 조광이 여기서 왜 나와?'

조광에 대한 이야기가 나오기 시작하자 크리스는 귀를 기울였다.

"이번에는 얼마 전 작고하신 조광 그룹 회장님의 저택을 매매하는 일이라고 들었어요."

흠, 할아버지와 달리 조성광은 예정대로 죽었군.

크리스는 전예은의 이야기를 들으며 조설훈이 유산으로 상속받아 살던, 그 쓸데없이 넓고 커다란 한옥을 떠올렸다.

'그런데 이번에는 그 집이 매물로 나왔고, 이성진이 그 매매에 관여 중이란 건가?'

제니퍼가 어깨를 으쓱였다.

"하긴, 조세화였나? 아직 중학생이라고 들었는데…… 그런 애가 덜컥 그런 집을 상속받아 버렸으니 부담이 크긴 하겠네. 그렇다고 성진이 걔가 두 팔 걷어 붙여 가며 해 줄 일이니?"

들으니 그 집은 조세화에게 간 모양이군.

크리스는 전생에도 조세화가 조성광의 유산 1/3을 상속 받

았던 내용을 떠올렸다.

'그렇다고 처치 곤란한 계륵을 조세화에게 떠넘기다니, 조설훈이나 조지훈도 꽤 악질이야.'

뭐, 이런 식이면 조세화가 조설훈의 친자가 아니란 소문이 사실일지도 모르겠다.

전예은이 쓴웃음을 지었다.

"듣기로는 신화호텔 측에서 저택을 매수할 수 있도록 저희 사장님께서 중계를 해 주신 것 같아요."

얼씨구, 이번엔 신화호텔까지 끌어들여서?

'아무래도 그 처치곤란한 집을 호텔에 넘겨 VIP전용 숙박시설로 개조할 모양이로군.'

크리스의 머릿속엔 이성진이 할 법한 일이 머릿속에 빤히 그려졌다.

'뭐, 시대를 조금 앞서간다는 생각은 들지만 나쁘지 않네. 그런데 왜 전생과 상황이 달라진 거지?'

전생의 조세화는 자신 몫으로 상속 받은 조성광의 유산을 조설훈에게 헌납하다시피 했다.

하긴, 당시에도 장손을 거르고 유산을 물려받고만 조세화는 꽤 난처한 입장에 처했고, 조세광은 그 일을 두고두고 마음에 품었더랬다.

'게다가 이번에는 그 집이 조세화에게 넘어갔을 뿐만 아니라 그 매매에 이성진이 개입해 있다?'

왠지 뭔가 심상치 않게 돌아가는 것 같다.

'조설훈이 제정신이면 조세화가 그 집을 생판 남에게 팔아치우는 걸 묵인할 리가 없을 텐데.'

전생의 조설훈은 그 집이 갖는 상징성과 그 가치를 잘 알고 있어서, 일부러 제 몫의 유산을 조금 손해 보면서까지 조성광의 자택을 인수하였다.

물론 조설훈 입장에는 조세화가 받은 유산을 고스란히 자신의 주머니 속으로 챙겨 넣었으니 고작 집 한 채를 받아 갔다 하더라도 조지훈에 비해 손해 보는 장사는 아니었던 것도 있겠지만.

'……상황이 기묘하게 돌아가는군.'

그것만으로도 기함을 할 일이지만, 그다음 이어진 제니퍼의 넋두리에서 크리스는 마시던 주스를 뿜을 뻔했다.

"성진이도 참 사람이 좋다니까. 하긴, 조세화란 그 아이도 참 안됐지. 할아버지에 이어 아버지, 삼촌까지 연달아 장례를 치렀으니……."

뭐?

'조설훈과 조지훈이 죽었어?'

크리스가 내심 '내가 잘못 들은 건가?' 하고 생각하는 사이 전예은이 고개를 끄덕이곤 제니퍼의 말을 받았다.

"하지만 단순한 동정은 아닐 거예요. 결국 사장님이 이번에 하시는 일도 회사 경영에 도움이 되는 일일 거 같거든요."

"어련하겠어. 그래도 그런 일이면 나랑도 상담을 해 주면 좋을 텐데, 조금 섭섭하긴 해."

잘못 들은 게 아닌 것 같다.

'……이거, 돌아가면 인터넷에 검색해 볼 요소가 더 늘어났군.'

그때 제니퍼는 새삼 이 이야기가 애 앞에서 할 이야기는 아니라는 걸 깨달은 모양인지, 표정을 고쳐 크리스를 보았다.

"그나저나 크리스, 어때? 맛있지?"

솔직히 말하면 방금 먹은 티라미수가 코로 들어갔는지 입으로 들어갔는지도 모를 정도였지만, 크리스는 얼른 미소를 지었다.

"맛있네요."

깨닫고 보니 크리스도 자신이 한 말이 빈말이 아니라는 걸 자각했다.

"팔아도 될 정도라고 생각해요."

"응, 실은 이미 메뉴에 있지만 금방 동이 나곤 하거든. 그래서 따로 빼 둔거긴 한데……. 맛있다고 하니 기쁘네."

제니퍼는 싹싹하게 곧잘 대답하는 크리스가 귀엽다는 듯 바라보았다.

그러자 잠시 조광 이야기가 나오는 동안 대화에 끼지 못했던 신은수도 잽싸게 끼어들었다.

"네가 먹었던 거, 우리 셰프 자신작이거든."

그러고 보니 셰프가 누군지 아직도 모르겠다.

"셰프님은 지금 주방에 계신가요?"

"아니."

신은수가 고개를 저었다.

"마침 오늘 신화호텔 쪽에 일손을 도와주러 갔는데……. 크리스 너도 오전에 봤잖아? 그 무뚝뚝한 오빠 말이야."

그 청년이 이 레스토랑 셰프였던 건가?

제니퍼가 신은수를 보았다.

"벌써 아는 사이야?"

"그럴 만한 일이 있었거든요. 승환 오빠 택시 태우러 갔다가 얘가 빌딩 앞에 있기에 길을 잃었나 싶어서 말을 걸었는데……."

승환이라는 이름과 인상착의, 그리고 그가 셰프였단 내용까지 듣자 크리스는 그때 본 청년이 누구인가 하는 걸 깨달았다.

'그거, 오승환이었나?'

크리스도 전생에 그가 경영하는 파인 다이닝 레스토랑에도 몇 번 가 본 만큼, 오승환 셰프에 대해서는 잘 아는 편이었다.

'그랬군. 이번 세계에선 오승환이 여기서 일하고 있었던 거야.'

그렇게 되니 크리스는 자신이 이 식당 음식에 만족했던 것이 이번 생에 제대로 못 먹고 살아온 반작용만이 아님을 알게 되었다.

'오승환 정도의 천재가 감독했으면 나도 납득할 수 있지.'

그런데 그녀가 기억하기론 이 시기 오승환은 프랑스로 요리 유학을 떠나 있어야 할 텐데, 이번 생에선 그가 이 레스토랑에 고용된 상태라는 것이 의아했다.

그런 크리스의 생각이 얼굴에 드러났는지, 신은수가 웃었다.

"그 무뚝뚝한 오빠가 알고 보니 요리사여서 놀랐니?"

크리스가 놀랐다는 것만 알뿐, 구체적인 생각에 대해선 오해한 모양이긴 하지만.

"……아뇨. 그냥요. 그런데 신화호텔에 일손을 도우러 갔다는 건 무슨 뜻이에요?"

"응, 우리 브랜드가 신화호텔이랑 업무 제휴를 하고 있어서. 아, 이런 말은 크리스한테는 좀 어렵나?"

"괜찮아요. 알아들어요."

신은수가 쓴웃음을 지었다.

"똑똑하네. 요즘 애들은 다들 조숙하다니깐. 아무튼 그래서 그 오빠, 오늘은 주방에 없어."

그렇다고 하니 그러려니 할 뿐, 그 이상은 크리스의 관심사 밖이었다.

'그나저나 이 레스토랑이 신화호텔과 업무 제휴를 하는 관

계라니.'

정금례(제니퍼)도 여기 있는 걸 보면, 혹시 해림식품 측과도 관계가 있는 건 아닐까?

'……만일 그렇다고 한다면 이성진이 이 레스토랑의 공동 대표 직함을 달고 있는 것도 단순한 도락의 의미는 아닌 모양인데.'

크리스는 이성진이 만만치 않은 놈일 거 같단 생각이 들었다.

'신화호텔에 해림식품, 게다가 조광이랑 뭔가 하는 중이기까지……. 대체 무슨 꿍꿍이속이지?'

그것도 가만히 있어도 돈이 굴러 들어올 위치인데, 일부러 사서 고생까지 해 가면서.

'……아무래도 놈에 대해 좀 더 예의 주시해 봐야겠군.'

이미라는 약속한 시간보다 조금 더 일찍 저택에 도착했다.

그런데 이미라와 동행해 차에서 내린 인물이 꽤 낯익었다.

아니 낯이 익다 못해 아주 잘 아는 사람이다.

"형? 형이 여긴 어쩐 일이에요?"

나는 오승환에게 그렇게 물었고, 오승환도 영문을 모르겠단 얼굴로 대답했다.

"나야말로 묻고 싶은데, 성진이 너도 몰랐던 거냐?"

나는 장본인인 이미라를 보았다.

그사이 조세화와 인사를 마친 이미라가 의뭉을 떠는 얼굴로 나를 보았다.

"응? 왜 그러니?"

"저…… 대표님. 오승환 셰프가 왜 여기 있는 거죠?"

이미라가 빙긋 웃었다.

"왠지 필요할 거 같아서."

대답은 심플했다.

'아니 뭐, 방송에 출연할 이번 게스트를 생각하면 나로서도 오승환이 도와주는 게 좋기는 하다만.'

보아하니 이미라는 겸사겸사 오승환을 이번 일에 써먹어 볼 심산으로 보였다.

'그런데 그걸 여기서 해 보겠다고?'

이걸 두고 사업가로서 도전 정신이 투철하다고 생각해야 할지, 아니면 밑져야 본전인 손해 볼 거 없는 일에 오승환을 써 먹어 보려는 건지.

'이미라의 생각은 나도 당최 알 수가 없군.'

한편 조세화는 이미라의 수행원이라고 생각했던 오승환과 내가 서로 잘 아는 눈치이자 어리둥절한 얼굴로 내게 다가와 슬쩍 물었다.

"성진아, 아는 분이니?"

"아, 소개가 늦었네. 여기는 오승환 셰프라고 우리 시저스의 총괄 셰프야."

조세화는 내 소개를 듣고서야 아하, 하며 오승환을 보았고, 오승환은 조세화에게 무뚝뚝한 얼굴로 꾸벅 고개를 끄덕여 인사했다.

"안녕하세요."

"안녕하세요, 조세화라고 합니다. 시저스는 저도 자주 가요."

"감사합니다."

제 관심사가 아니면 입이 무거운 편인 오승환의 사교성이란 이 정도였다.

"그럼."

이미라는 분위기가 어색해지기 전에 눈치껏 끼어들었다.

"아직 시간이 조금 남은 거 같은데, 먼저 집 구경 좀 시켜 줄래요?"

"아, 네. 안내하겠습니다."

이미라는 조세화와 단둘이 할 이야기가 있는 모양이어서, 나는 오승환과 함께 덩그러니 그 자리에 남았다.

"그래서 이번에는 또 무슨 일이야?"

기다렸다는 듯 내뱉은 오승환의 질문에 나는 되물었다.

"아무것도 못 들었어요?"

"나는 그냥 평소처럼 호텔로 와 달라는 대표님의 호출만 받았을 뿐이야. 대표님은 오는 동안에도 아무 말씀 없으셨고…….”

오승환이 집을 휘 둘러보며 말을 이었다.

“그런데 여기는 어디야? 방금 걔는 누구고?”

정말로 아무것도 못 들은 모양인데.

나는 납치당하다시피 끌려온 오승환을 배려해 이 집이 어디고 조세화가 누구인가 하는 내용을 간략히 전했다.

“아, 그랬군.”

여기가 조광 그룹 회장 자택이고, 조세화가 그 회장의 친손녀이며 이 집이 지금은 조세화의 것이란 이야기를 들었음에도 오승환은 ‘그렇구나’ 하는 반응뿐이었다.

‘한편으로는 오승환답네.’

오승환이 내게 물었다.

“그래서 여기서 대체 뭘 하려는 건데?”

“아마 요리겠죠?”

“뭐, 요리 대회라도 여는 거냐?”

벌써부터 오승환은 질색하는 표정이었다.

오승환은 ‘요리 대회’ 같은 방송 예능을 싫어하는 편이었는데—예전에 한번 그런 기획을 넌지시 던져 봤지만 정작 오승환 본인의 반대로 무산된 전적도 있었고—그러다 보니 전생의 그를 요리 예능 방송에서 본 기억이 있는 나로선 그가 나이가 들며 유해진 건가, 생각하고는 했다.

"그게 아니라 여기를 먼나라 이웃사촌 촬영지로 쓸 예정이거든요."

"……아, 그거."

그런 오승환도 〈먼나라 이웃사촌〉만큼은 잘 알고 있었다.

그도 그럴 것이 기념비적인 첫 방송이 시저스 2호점에서 이탈리아인들의 냉정한 평가를 받은 방송이었으니, 요리 외에는 별 관심이 없는 오승환도 〈먼나라 이웃사촌〉만큼은 잘 알고 있는 것이다.

"혹시 이번 게스트도 이탈리아인이냐? 그런 것치곤 장소가 한옥풍인걸."

오승환은 한옥에서 이탈리아인에게 이탈리아 요리를 대접해야 하는 상황에 아이러니함을 느낀 모양이었다.

"아뇨, 중국인이에요."

홍콩이 아직 중국에 반환되지 않은 이 시대 상황상, 장여옥을 마냥 중국인이라고 할 수만은 없겠지만.

"중국인?"

오승환이 턱을 긁적였다.

"중화요리는 내 전공이 아닌데. 잘 알지도 못하고."

"아뇨, 저희는 여기서 게스트에게 한식을 대접할 거예요."

"한식?"

중화요리뿐만 아니라 한식도 전문이 아닌—따지고 보면 오승환도 지금은 이탈리안 레스토랑에서 일하고 있지만 원

래 전공은 프렌치다—오승환은 내 말에 더욱더 의아해하는 얼굴이었다.

그래서일까, 오승환은 난감해하는 얼굴로 이 상황에 지극히 상식적인 대답을 내놓았다.

"나도 기본적인 건 할 줄 알지만 남 앞에서 보여 줄 정도로 하지는 못해. 게다가 한식이면 나 말고도 잘하는 명인이 있을 텐데? 당장 신화호텔만 보더라도 그렇고."

"음, 먼저 이 이야기부터 해야겠는데요."

나는 어제 신화호텔에서 있었던 일을 오승환에게 간추려 전했다.

"……아하."

과연 그가 내 의도를 알아들을까 생각했는데, 요리와 관련한 것이 되니 오승환은 내가 말하려는 의도를 예리하게 포착해 냈다.

오승환이 고개를 끄덕였다.

"과연. 실은 나도 한식의 방향성에 대해선 생각하던 게 있었거든."

"그래요?"

"응. 가만 보면 한식은 전통과 퓨전, 두 분야가 극단적으로 나뉘어 있잖아? 한쪽에는 궁중요리 등으로 대표되는 전통을 계승하는 장르가 있고, 다른 쪽에는 떡볶이나 얼마 전에 네가 개발한 양념 치킨처럼 이걸 한식이라 불러도 될지 모를 창의적인 장르가 있지."

요리에 관해선 말이 많아진 오승환이 말을 이었다.

"그래서 내 생각에는 소위 말하는 전통 한식에 쓰이는 기법과 유연한 발상력을 토대로 한 창의적인 수단이 어우러진다면 한 단계 높은 경지를 추구할 수 있을 거 같아. 당장 프랑스 요리만 하더라도 누벨 퀴진이라 불리는 어원 그대로 새로운 요리 기법을 통해 오늘날의 미식 왕국을 만들었다고 볼 수 있는 데다가, 가까이 일본의 초밥을 보더라도 원래는 하코즈시라 하는 틀초밥이 원조이지만 최근에 들어선 에도 시대에 나온 니기리즈시라 하는 쥠초밥이 이제 원조를 밀어내고 대표 격으로……."

이야기가 너무 전문적인 쪽으로 넘어가기 전, 나는 대화에 슬쩍 끼어들었다.

"그러니까 형은 한식에도 그런 요소를 도입하면 좋겠다는 말씀이죠?"

"바로 그거야."

오승환이 손가락을 튀겼다가 멈칫했다.

"……다만 지금 나오는 이야기로 보자면, 대표님께선 그걸 내게 맡기고자 하신다는 건가?"

"그런 것 같은데요."

"그리고 대표님 곁에서 그걸 부추긴 게 너고?"

"네."

오승환이 씩 웃었다.

"재밌겠네. 한번 해 볼까."

이번 생 들어 보곤 하는 천재들의 공통점 중 하나는 현실에 안주하기보단 자신에게 닥친 한계 상황을 넘는 도전을 마다하지 않는다는 점이다.

가까이 우리 소속사 작곡가인 공가희도 그러했고, 윤아름 또한—전해 듣기로—김승연에게 연기를 배우느라 진이 빠질 정도라 했다.

'장래 세계급으로 거듭나는 인재는 노력이나 도전 또한 마다하지 않는 건가.'

그걸 두고서 내게는 없는 재능이라고 말하면 나도 할 말이 없다.

그러고 있으려니 저 멀리서 차 한 대가 저택으로 들어왔다. 타이어가 자갈을 지르밟는 소리와 함께 주차를 마친 차에서 박승환이 내렸다.

'약속 시간에 딱 맞춰 왔군.'

나는 손목시계에서 고개를 돌려 박승환을 맞이했다.

"안녕하세요, 전무님."

박승환은 내게 고개를 끄덕여 인사한 뒤, 내 곁의 오승환에게 악수를 청했다.

"오승환 씨도 오셨습니까."

"오랜만입니다, 전무님."

이미 먼나라 이웃사촌 이탈리아 편에서 얼굴을 맞댄 적 있는 사이여서 그런지 인사는 스무스했다.

"그런데 오승환 씨께서 여기는 어쩐 일이십니까?"

그러면서 나를 힐끗 쳐다보는 것이, 혹시 내가 장여옥에 대해 발설하지는 않았는가 하는 소인배적 사고를 하고 있음이 틀림없다.

"아, 저는 신화호텔 대표님을 따라 왔을 뿐입니다. 촬영 이야기도 성진이에게 방금 들었을 뿐이고요."

"대표님께서 직접 오셨습니까?"

그도 신화호텔에서 도움을 주기로 했다는 것까지는 들어서 알고 있었지만, 설마하니 이미라 본인이 직접 왕래했으리라고는 생각하지 못한 듯했다.

"이거 참……. 게스트가 게스트여서 그런가."

박승환의 중얼거림에 오승환이 물었다.

"게스트로 누가 옵니까?"

"아무 이야기도 못 들으셨습니까?"

"중국인이라는 이야기는 들었습니다."

그제야 박승환은 내가 장여옥의 존재를 발설하지 않은 걸 깨닫곤 괜스레 민망한 얼굴을 했다.

"흠, 흠. 그랬군요. 사장님께는 말씀드렸습니다만, 제가 함구해 달란 부탁을 드리는 바람에……."

박승환이 내게 물었다.

"혹시 그 게스트 건은 신화호텔 대표님도 모르고 계십니까?"

"예. 집주인인 조세화에게는 말했지만요."

"그러셨군요."

박승환이 헛기침 후 말을 이었다.

"아무튼 알겠습니다. 그럼 저택에서 대접할 요리는 오승환 셰프님께서 맡아 주시는 걸로 이해해도 될까요?"

"뭐, 저는 상관없습니다만……."

오승환은 잠시 생각하다가 픽 웃었다.

아마 자신이 이미라에게 고용된 몸이 아니라는 걸 깨달은 모양이다.

"저희 사장님이 허락하신다면 해 보겠습니다."

"다행이군요. 그런데 셰프님, 이번 촬영에는 공간과 테마를 일치하고 싶은데…… 괜찮으시겠습니까?"

조금 에둘러 말하기는 했지만, 박승환의 말인 즉 이탈리안 레스토랑 셰프인 오승환이 한식을 만들 수 있겠냐는 내용이었다.

"명인에 비견될 정도는 아니지만 한식이라면 저도 어느 정도는 합니다. 부족한 건 신화호텔의 한식당에서 도움을 받으면 되고요."

오승환은 오승환대로 이번 도전 기회를 놓치고 싶지 않은 모양이었다.

'그도 그럴 게 재료는 방송국에서 다 대 줄 테고, 내 승인이 떨어지면 시간도 낼 수 있으니 말이야.'

겸사겸사 이번 일을 구실 삼아서 신화호텔의 한식 노하우도 흡수할 수 있을 테니까.

나야 미래의 오승환을 알고 있으니 걱정하지 않지만, 선입견이 있는 박승환은 썩 내키지는 않는 얼굴이었다.

"음……. 저도 물론 오승환 씨의 실력을 잘 알고 있으니 내용물은 걱정하지 않습니다만, 사실 이번에 섭외한 게스트가 조금 까다로운 분이셔서요."

오승환은 아까 전부터 대체 누가 오기에 그러나 싶은 얼굴로 박승환에게 물었다.

"그나저나 게스트가 누구인가 하는 건 촬영 당일까지도 비밀입니까? 이왕이면 어느 재료에 알러지가 있다는 정도는 알아 두면 좋겠는데요."

"아닙니다. 오승환 씨도 이젠 사실상 관계자이시니……."

박승환은 한 차례 뜸을 들인 뒤 목소리를 낮췄다.

"사실, 이번 촬영엔 홍콩에서 장여옥이 오기로 했습니다."

오승환은 잠시 멀뚱멀뚱한 얼굴을 했다가 내게 물었다.

"정치인이냐?"

"아뇨, 배우예요."

"아, 그랬군. 왠지 어디서 들은 이름 같더니."

우리 대화를 들은 박승환은 김이 샌 얼굴이 됐다.

'안됐지만 상대가 나빴어.'

오승환은 요리 말고는 관심이 없는 인간이다.

하다못해 장여옥이 요리를 테마로 한 영화에라도 출연했다면 오승환의 관심을 조금 더 끌 수 있지 않았을까.

"흠, 흠. 아무튼."

박승환이 말을 이었다.

"장여옥 씨는 예전에 한 차례 공개 내한을 하신 적이 있고, 저도 알아본바 한식은 그때 이미 접하신 경험이 있더군요. 그래서 이번에는 그분이 경험해 보신 적 없는 한식을 주제로 삼았으면 합니다."

"음, 당시 사용한 메뉴가 있습니까?"

"아, 예. 여기 있습니다."

박승환이 가방을 뒤적여 서류를 꺼내더니 페이지를 넘겨 오승환에게 건넸다.

오승환은 선 자리에서 서류를 넘겨보며 고개를 끄덕였다.

"저번에는 신화호텔에서 투숙하셨군요."

"예, 그래서 그때 한식을 접해 보신 거라고……."

박승환이 덧붙였다.

"아 참, 그리고 지금은 독실한 불교도여서 육류는 삼가 주셨으면 합니다."

지금은, 이라는 건 당시에는 아니었단 건가.

하긴, 내가 곁눈질로 본 바 서류에는 고기를 이용한 요리가 들어 있었으니.

"불교라……."

오승환은 그렇게 중얼거리곤 고개를 끄덕였다.

"일단 알겠습니다."

머릿속에 구상의 얼개라도 떠오른 모양이다.

그러고 있으려니 '집 구경'을 마친 조세화와 이미라가 복귀했다.

대체 무슨 이야기를 했는지는 모르겠지만 조세화는 조금 후련해진 얼굴이었고, 이미라는 그녀대로 평소처럼 사교적인 미소를 띤 얼굴로 박승환에게 인사했다.

"죄송해요, 조금 늦었죠."

"아, 아닙니다."

박승환은 조금 바짝 얼어붙은 표정으로 바지에 손바닥을 닦은 뒤 이미라의 악수를 받았다.

"방송 잘 보고 있어요. 그래, 부친은 건강하시고요?"

"예, 예."

"다행이에요. 요즘 도통 뵐 수가 없어서. 아버님이 많이 바쁘신 거 같네요."

이미라는 그녀답게 박승환이 누구인지, 그리고 그가 속한 회사가 어디인지, 그 사장과 우리 그룹과의 관계에 대해 속속들이 꿰뚫고 있었다.

'게다가 어쨌건 박일춘은 지금도 마음만 먹으면 방송계에

영향력을 행사할 정도의 인물이니 말이야.'

그렇게 이미라와 인사를 주고받은 박승환은 조세화와도 인사를 나눴다.

"조세화 씨입니까? 이번에 장소를 제공해 주셔서 감사합니다. 잘 부탁드리겠습니다."

"아니에요. 저도 먼나라 이웃사촌은 잘 보고 있거든요. 좋은 방송으로 만들어 주세요."

"예. 그런데 촬영 동선이나 구도 확인차 사진을 좀 찍어 가야 할 것 같은데, 괜찮겠습니까?"

"물론이죠. 아, 그런데 제가 쓰고 있는 방은 빼고요. 지저분하거든요."

"하하, 예. 알겠습니다."

박승환의 장점은 으레 방송국 관계자들이 제가 뭐라도 되는 양 선을 넘는 일이 왕왕 있는 반면, 그는 그런 일이 없다는 점이다.

'조세화가 수도권 조폭들의 거두 비슷한 뭔가라고 해서 저러는 게 아니란 말이지.'

박승환이 카메라며 각종 기자재를 챙겨 조세화와 함께 자리를 뜨자, 이미라가 빙긋 웃으며 오승환을 보았다.

"어때요, 할 수 있겠어요?"

아무래도 이미라는 그녀가 '일부러' 자리를 비운 사이 우리가 이미 대화를 마쳐 두었다는 걸 알고 있는 모양이었다.

'만만치 않다니까, 정말.'

오승환이 씩 웃으며 대답했다.

"예, 해 보겠습니다."

"그래요. 물론 이번에 올 장여옥 씨가 이젠 식사를 가리게 되어서 다소 제약은 있겠지만, 다른 사람도 아니고 오 셰프니까 잘할 거라고 생각해요."

응?

이미라는 이번 방송 게스트가 장여옥이란 걸 이미 알고 있었다.

'……내가 그걸 말했던가?'

아니, 그걸 말한 적은 없는데.

'조세화한테 들었나.'

이미라는 그런 나를 보며 내가 무슨 생각을 하는지 안다는 듯 웃었다.

"후후, 내가 아무것도 모를 거라고 생각했니?"

조세화에게 들은 게 아닌 모양이다.

"……어떻게 아셨어요?"

"어떻기는? 다 방법이 있지. 외교부에도 아는 사람이 있고."

그러시다니 이제는 조금 무서울 지경이군.

'그러고 보니 크리스를 한국으로 데려올 때 백하윤도 자신의 인맥을 썼다지만…… 이미라가 나섰다면 훨씬 빠르고 수

월했을지도 모르겠는걸.'

뭐, 이미라가 '아무에게나' 그런 힘을 발휘하지는 않겠지만.

'나 역시 그런 일로 이미라에게 빚을 지고 싶은 생각은 추호도 없고.'

이미라가 다시 오승환을 보았다.

"아무튼 장여옥 씨는 우리 호텔에도 중요한 손님이니까, 소홀함이 없도록 저도 도와주겠어요. 오 셰프도 필요한 게 있다면 기탄없이 말씀해 주세요."

"예, 대표님. 말씀이 나와서 말인데, 혹시 스님을 소개 받을 수 있겠습니까?"

"스님?"

"예. 사찰 요리를 대접해 드리면 어떨까 해서요."

오승환은 벌써부터 머릿속에 구상이 떠오르는 모양이다.

"사찰 요리라……. 설마하니 장여옥 씨가 불교도여서 그런 생각을 떠올리신 건가요?"

"꼭 그렇다기보다는 제 공부가 부족한 분야여서요. 이번 기회에 배워 보고 싶습니다. 앞으로는 주목 받을 분야라고도 생각하고요."

"호오."

오승환의 대답을 들은 이미라의 눈에는 오승환을 호텔로 데려가고 싶다는 탐욕이(물론 이상한 의미가 아니라) 스멀스멀 느껴졌지만, 내 앞에서 그건 어림도 없는 소리다.

"뭐, 저도 평소에 사찰 음식의 가능성을 주목하고 있었죠. 비건 인구는 갈수록 늘어날 테고, 우리 호텔 입장에서도 그런 손님에 소홀해선 안 될 테니까. 대신, 레시피는 공유해야 하는 거, 알고 있죠?"

"그럼요. 이번에 리뉴얼하시는 한식당의 개선 방향도 함께 구상해 보겠습니다."

"오 셰프는 말이 잘 통해서 참 좋다니까. 좋아요, 그러면 우리 호텔에서도 몇 사람 빌려드리죠. 호텔에는 당시 장여옥 씨의 식사를 담당한 분도 계시니 꽤 도움이 될 거예요."

"감사합니다."

그사이 두 사람은 자기들만의 세계로 들어간 모양이다.

'이걸로 또 한 건 낙찰했군.'

보아하니 이미라도 저택이 마음에 든 모양이고.

'그러면 이제 남은 건 조광 그룹의 경영권 문제인가.'

부리나케 신진물산에 도착한 광금후는 경찰들이 회사를 뒤지는 걸 망연하게 바라보다가 뿌득, 이를 갈았다.

'이 새끼들이!'

광금후는 성큼성큼 걸어가 박스를 들고 나오는 경찰에게

다가갔다.

“지금 뭐 하시는 겁니까!”

경찰은 광금후를 멀뚱멀뚱 쳐다보았고, 곁에 선 상대적으로 가벼운 짐을 든 고참 경찰이 대신 답했다.

“공무집행 중입니다.”

광금후도 그걸 몰라서 물은 건 아니었다.

“영장, 영장은 가지고 와서 이러는 거요?”

“예.”

“어디 봅시다.”

고참 경찰은 귀찮다는 듯 광금후를 무시하고 지나치려 했지만, 그 앞길을 광금후가 막아섰다.

“영장!”

“……선생님, 이러시면 저희도 선생님께 공무집행방해죄를 적용해야 합니다.”

“옘병, 그럼 어디 한번 해…….”

그때 유상훈은 그 뚱뚱한 몸이 믿기지 않을 만큼 부리나케 달려와 그 사이에 끼어들었다.

“아이고~ 이거 실례했습니다!”

유상훈이 능청스레 말을 이었다.

“저희 사장님께서 깜짝 놀라 형사님께 결례를 범한 것 같군요. 괘념치 말아 주십시오.”

그러면서 유상훈은 몸 뒤로 손짓하며 광금후가 나서지 않도록 막았고, 광금후도 조금 냉정을 되찾아 입을 꾹 다물었다.

고참 경찰은 힐끗 유상훈의 재킷에 달린 변호사 배지를 확인하곤 물었다.

"변호사입니까?"

"예, 그렇습니다."

거짓말은 하지 않았다.

경찰의 질문은 '광금후의 변호사냐'는 것이겠지만, 사실 유상훈도 아직 의뢰를 수락하고자 결정한 것은 아니었고, 지금은 어디까지나 전화로 연락을 받아 '상담'을 하는 상태였다.

그렇다고는 하나, 신진물산이라고 하면 조광 그룹의 자회사 중 가장 잘나가는 회사.

의뢰인이 될지도 모를 돈줄이 눈앞에서 공무집행방해죄로 어처구니없이 체포되는 건 유상훈 입장에서도 바람직한 일이 아니었다.

"아, 혹시 총 책임자분을 뵐 수 있겠습니까? 영장 내용을 확인하는 것 또한 피압수자와 변호사의 권리거든요."

양손에 짐을 든 고참 경찰은 건물 안쪽을 턱으로 가리켰다.

"저 건물 안에서 정진건 형사를 찾으십시오."

정진건?

'흠, 왠지 어디서 들어 본 이름 같은데…….'

압수수색 전담 형사인가, 하고 생각도 해 보았지만 왠지 그쪽으로 아는 이름은 아닌 것 같다.

'어디서 들어 보았더라.'

유상훈이 속으로 생각하는 사이, 광금후가 중얼거렸다.

"정진건이라면 그……."

유상훈의 귓가에만 들릴 정도의 소리였지만, 그 중얼거림이 들릴 새라 유상훈은 고참 경찰에게 얼른 고개를 꾸벅 숙였다.

"예, 감사합니다. 그럼 수고하십시오."

유상훈은 경찰이 떠나갈 때까지 그 자리를 지키고 섰다가 거리가 멀어지자 휙 하고 몸을 돌렸다.

"광금후 사장님, 공무 중인 경찰에게 시비를 거시면 안 됩니다."

"……흥, 마음 같아선 따귀라도 갈기고 싶었소."

이 의뢰인이 정말.

유상훈은 등 뒤로 돌린 주먹을 꾹 쥐며 미소를 지었다.

"그거야말로 경찰이 바라는 일이죠. 선생님께서 공무집행방해죄로 구속이 되시면 저와 전략을 짜는 일이 어렵게 됩니다."

"……쯥."

그 정도로 말하니 광금후도 마지못해 납득하는 얼굴이었다.

"저, 그런데 사장님."

유상훈이 물었다.

“책임자를 만나러 가기 전에 여쭙습니다만, 혹시 이번 일에 대해 짐작 가시는 건 없으십니까?”

“…….”

잠시 침묵한 광금후는 건물로 발걸음을 옮기며 대답했다.

“글쎄. 잘 모르겠군.”

“그렇습니까? 왠지 정진건 형사란 분을 아시는 것 같던데요?”

유상훈의 말에 광금후는 그를 물끄러미 보았고, 유상훈은 그 시선에서 고개를 돌렸다.

“아뇨, 아무것도 아닙니다. 하하…….”

“……일단 갑시다.”

유상훈은 광금후의 뒤를 따르며 그에게 들리지 않게 한숨을 내쉬었다.

‘끙, 뭔가 있긴 있군.’

정진건 형사와 광금후는 이미 구면이다.

‘분명 사전에 이 회사를 방문해 대략적인 상황을 알아보았겠지.’

그러며 유상훈은 잽싸게 머리를 굴렸다.

‘어디보자, 광금후가 압수수색을 당할 만한 일이 뭐가 있을까?’

따지면 숱하게 많을 것이다.

그도 그럴 것이, 조광 그룹이라는 회사는 태생부터가 조폭들이 합법적인 회사로 세탁을 하는 과정에 수립한 회사이고, 그 이사진이며 간부들은 다들 예전에 한가락 했던 깡패들이니까.

심지어 당장 광금후만 하더라도 이미 몇 차례 폭력 혐의로 수사를 받은 전적이 있는 인물이니, 유상훈은 이 회사 보일러실에서 납치 감금된 경쟁사 간부가 나온다 하더라도 놀라지 않을 자신이 있었다.

'아니, 실제로 그러면 정말 놀라긴 하겠지만.'

그래서 유상훈은 지금이라도 발을 빼야 하나, 생각했지만 그러기엔 이 기회를 놓치고 마는 게 못내 아쉽다.

'그도 그럴 것이 광금후라고 하면 차후 조광 그룹 실세로 거듭나게 될지도 모를 인간인걸.'

그들과 느슨하게나마 인연이 닿아 있다 보니, 유상훈도 지금 조광 그룹 내부 사정에 대해선 꽤 예의 주시하고 있었다.

아니, 그런 일이 없었다 하더라도 조광 그룹 내부에서 벌어지는 갈등과 다툼은 이 바닥에 대해 조금이라도 관심이 있는 사람이라면 누구나 예의 주시할 수밖에 없을 만큼 흥미로운 일이기도 했던 것이다.

'조세화랑 친하게 지내시는 우리 꼬마 사장님에겐 미안한 말이지만 지금으로선 조세화가 조광 그룹의 대표가 되는 일은 하늘이 무너져도 생길 수 없는 일이지. 그리고 광금후는

그 조광 그룹의 임시주주총회 의장을 맡을 정도의 실세이고.'

그러니 유상훈도 의뢰인이 그 광금후라는 이야기를 듣자마자 만사 제쳐두고—사실 변호사 사무실 개업 후 별로 일거리가 있지도 않았다—신진물산으로 달려온 것이었는데…….

'……오자마자 본 게 이 모양 이 꼴이라니.'

처음에는 유상훈도 이번 일이 경쟁자 측에서 터무니없는 혐의를 씌워 버린 것이 아니겠는가, 하는 가벼운 생각을 했지만 어째 돌아가는 분위기가 심상치 않다.

'하다못해 분식 회계가 걸리더라도 발뺌을 할 여지는 다분한데……. 설마 조설훈 형제의 죽음과 연루된 건 아니겠지?'

얼마 전 조설훈과 조지훈이 한날한시에 사망한 이야기는 이 바닥에서 이미 유명했다.

그 불가사의한 죽음들로 인해 조광은 이 모양 이 꼴이 난 것이었고, 중학생에 불과한 조세화가 조성광 회장의 상속자가 되었다는 건 해외에서도 토픽으로 다뤄 볼 드라마틱한 사건이건만, 그 일에 대해 언론 통제라도 하는지 다들 쉬쉬하고 있었던 것이다.

'……그렇다고 여기 있는 광금후가 그런 일을 벌였을 것 같지는 않고.'

모든 사건에는 그 일로 인한 가장 큰 수혜자가 유력한 용의자라는 말이 있지만, 이번 사건만큼은 그것이 예외였다.

'상식적으로' 조세화는 예외로 치고, 광금후가 그 사건의 범인이라고 할 경우 현 시점에 이르러 그에게 떨어질 이익이 가장 크니 그를 유력한 용의자로 꼽아도 무방하겠지만.

'충동적이고 소인배인 그가 그 정도 일을 벌이리라는 생각이 들지 않아.'

둘째로는 조세화와 합자회사를 만들고자 하는 이성진.

하지만 이성진에 대해선 그 집의 숟가락 개수까지 안다고 자부하는 유상훈은 이성진에게 그럴 만한 능력이 되지 않는다는 걸 잘 알고 있었다.

'어차피 변호사에게는 사건의 진실 따윈 중요하지 않으니 그 이상 캐볼 생각은 없지만.'

왠지, 그걸 캐다간 세상 못 볼 꼴을 보고 말 것 같다는 예감도 들었고.

'욕심 부리지 말고 적당한 선에서 발을 빼야 할지도 모르겠군.'

생각하는 사이 두 사람은 어렵지 않게 정진건 형사를 찾을 수 있었다.

"정 형사!"

광금후가 이미 구면인 정진건을 부르며 성큼성큼 다가서자 정진건이 고개를 돌려 광금후를 보았다.

"오셨습니까."

"지금 이게 무슨 일이오?"

"보시다시피……."

정진건은 광금후의 뒤에 몇 걸음 물러서 있는 유상훈을 힐끗 보았고, 유상훈이 그에게 묵례하는 걸 확인하곤 다시 광금후를 보았다.

"압수수색 중입니다. 변호사를 대동하셨습니까?"

"그렇소."

그러자 유상훈이 멀찍이서 끼어들었다.

"아직 의뢰 수주를 받은 건 아니고, 상담 중입니다, 하하."

"……."

정진건은 저 변호사가 꽤 약삭빠른 인간이라 생각하며 광금후에게 물었다.

"영장 확인을 하러 오셨습니까?"

"그렇소. 어디 봅시다."

이윽고 정진건이 건넨 영장 사본을 확인한 광금후는 어느 대목에 이르러 눈을 크게 치떴다가 손에 든 종이가 꾸깃 해질 정도로 주먹을 쥐었다.

마약 밀매 조직 가담 혐의.

대체 어떻게 알았는지 경찰 놈들은 광남파에 대한 내용을 이미 아는 것이다.

"어이 변호사 양반."

유상훈의 이름 석 자가 머릿속에 없는 광금후가 유상훈을 불렀다.

"예, 사장님."

"그쪽이 읽고 해석해 주시오."

유상훈이 보란 듯, 한 걸음 뒤로 물러섰다.

"죄송합니다만, 사장님. 아직 정식 의뢰를 받기 전이어서요. 지금은 삼가겠습니다."

쯧, 변호사란 놈들이란.

이래서 개인 변호사를 두고 있지 않았던 것인데, 광금후도 이 순간만큼은 그 점을 자책했다.

유상훈 역시도 영장 내용을 확인한 광금후의 표정을 읽어 내곤 그가 (내용은 모르지만)영장 내용에 짐작 가는 바가 있으리라 생각했다.

'무죄는 어렵겠고, 관건은 여기서 발을 들여 광금후의 범죄 행위에 대해 어떤 식으로 감형을 받아 낼지가 관건이겠군.'

그건 그것대로 나쁘지 않지만, 그렇게 되면 지금 광금후가 누리고 있는 지위도 물거품이 되고 말 공산이 컸다.

'지금 조광 그룹 내부의 권력 구도는 발만 삐끗해도 나가떨어지는 의자 뺏기 싸움이거든. 그러니 이 일로 볼 장 다 본 광금후에게 붙어 있어 봐야 별 재미는 못 보겠지.'

이참에 유상훈은 저 말과 상식이 통하지 않는 깡패를 상대로 부드럽게 거절할 방법을 머릿속에 구상하고 있었다.

'화장실에 간다고 하면서 도망칠까? 아니면…… 어라.'

유상훈은 우연히도 동아줄을 찾았다.

'저 여형사는 분명…….'

이름이 강하윤이었던가?

유상훈은 이쪽을 지나가는 강하윤과 눈이 마주쳤고.

"아."

강하윤도 유상훈을 알아보곤 짧은 소리를 냈다가 얼른 입을 다물었다.

'흠, 이거 잘만 하면 어떻게든 될지도 모르겠는데.'

그런 유상훈과 강하윤을 정진건이 번갈아 보자, 유상훈이 잽싸게 입을 뗐다.

"죄송합니다, 아는 사람을 본 거 같아서요. 강 형사님?"

강하윤은 복잡한 얼굴로 유상훈을 보았다.

"네, 유상훈 변호사님."

"이거 오랜만입니다. 이야, 여기서 강 형사님을 뵐 줄이야. 그간 잘 지내셨습니까? 아, 잠시 실례하겠습니다."

유상훈은 자연스럽게 인사를 건네며 자리를 떴고, 강하윤은 정진건의 눈치를 살피다가 유상훈과 동행해 그들과 거리를 두었다.

복도를 돌자마자 강하윤이 표정을 딱딱하게 고치며 유상훈에게 물었다.

"유상훈 변호사님, 혹시 광금후의 변호인이십니까? 그러면 저도 이번 일에 대해서는……."

"아뇨, 아뇨."

유상훈이 손사래를 쳤다.

"실은 아직 '상담' 중입니다. 정식으로 의뢰를 받기 전이니 사실은……."

유상훈이 들으란 듯 일부러 목소리를 낮춰 말을 이었다.

"저는 여기 있으면 안 되는 거랑 마찬가지거든요."

"……그러시군요."

사실, 박강선 건으로 그에게 도움을 받았던 강하윤은 유상훈을 '좋은 사람'이라 인식하고 있어서, 그가 (아직) 광금후에게 고용된 변호사가 아니란 사실에 한시름 놓으며 쓴웃음을 지었다.

"그나저나 이거 참, 잘은 모르겠지만 꽤 심각한 상황 같은데요."

"예, 그렇습……."

강하윤은 관성적으로 대답하려다가 얼른 입을 다물었고, 유상훈은 그런 강하윤을 보며 웃었다.

"걱정 마십시오. 저도 이 의뢰는 거절할 생각이거든요. 방금도 형사님의 대답을 바라서 한 말이 아닙니다. 하하."

"아……. 네."

강하윤의 마지못한 대답 직후, 유상훈이 어조와 표정을 고쳐 말을 이었다.

"그래도 제 안전을 위해서라면 거절할 구실로 마땅한 게 생각이 나질 않아서요. 아닌 말로 그, 광금후가 어떤 사람인가 하는 건 다들 잘 알고 있지 않습니까?"

유상훈의 말에 강하윤이 딱딱한 얼굴로 물었다.

"혹시 지금 그에게 협박을 당하는 중입니까?"

"아뇨, 아뇨. 제대로 짚고 넘어가죠. 그런 건 아닙니다. 다만 문득 혹시 나중에라도 '불미스러운 일'이 생길지 모른다는 생각이 들어서요."

"예에……."

"하지만 불행 중 다행히도 변호사에게는 '상호이익 위반 조례'라는 것이 있습니다."

"아, 저도 들어 본 적 있습니다."

"그러시군요. 다행입니다."

설명할 수고를 덜어서.

유상훈이 진지한 어조로 물었다.

"그럼 여쭙겠습니다만, 혹시 이번 일이 장래 조광 그룹의 경영에 있어 지대한 영향을 끼칠 것이라 생각되시는지요?"

조광 그룹의 경영에?

강하윤은 유상훈의 말을 어떻게 해석해야 할지 몰라 난감한 얼굴이 됐다.

"요지는 단순합니다. 실은 제가 조세화 양과 이성진 사장님의 합자회사 법인 등록에 도움을 줄 예정이거든요."

유상훈의 뒤이은 말에 강하윤은 아, 하고 고개를 끄덕였다가 그대로 고개를 갸우뚱 기울였다.

"그게 이번 일과 연관이 있나요?"

"그럼요."

사실 코에 걸면 코걸이, 귀에 걸면 귀걸이인 식의 내용이지만 유상훈은 억지를 써 가며 밀어붙였다.

"얼마 뒤 조광 그룹 임시주주총회가 열릴 예정입니다. 그리고 여기 계신 광금후 사장님은 그 임시주주총회의 의장을 맡으신 분이죠. 그러다 보니 저로서는 혹시 이번 수사가 이번 합자회사 설립에 영향을 끼치지 않을까, 우려하지 않을 수가 없게 되었습니다."

"……음."

강하윤이 눈을 가늘게 떴다.

"그렇다면 의장직 박탈 조건에 형사사건 수사도 포함이 되나요?"

이거, 꽤 핵심을 찔러 오는군.

유상훈은 강하윤이 생각하는 것 이상으로 직관력이 뛰어난 듯하다고 생각하며 대답했다.

"그렇지는 않습니다. 다만 그것이 회사의 이익이 부합하지 않거나 상호 이익에 위반하는 내용이라면 주주들에 의해 불신임결의를 받게 될 가능성도 있죠."

유상훈의 설명을 들으며 강하윤은 그가 말하는 용어가 낯설고 어렵다고 생각했다.

유상훈도 그걸 모르지 않았지만, 이는 의도적인 것이기도 했다.

'이야기가 어렵고 복잡하게 들릴수록 상대가 파고들 가능성도 줄어들거든.'

물론 그게 통하지 않는 상대도 있지만.

강하윤은 잠시 생각에 잠겼다가 입을 뗐다.

"그렇군요. 하지만 말씀하시는 내용으로 말미암아 생각해 보면 광금후 사장님이 의장직을 수행하더라도 법에 저촉되는 일은 아닌 거 같은데요?"

음, 강하윤은 이런 변호사의 화술이 잘 통하지 않는 예외적인 인간 중 하나인 모양이다.

"하하, 예. 말씀대롭니다. 하지만 상호 이익 위반 조례에 빗대어 생각해 보면 제가 광금후 사장님의 변호를 맡음으로서 누군가는 이 상황을 합자회사 설립에 유리한 방향으로 진행하는구나, 하고 오해할 수도 있지 않겠습니까?"

"……그럴 가능성도 있겠네요."

다행히 강하윤은 유상훈이 말하는 표면적인 이유에 납득했다.

"변호사님께서 광금후 사장님의 변호를 맡지 않겠다는 이유도 일목요연하게 알 것 같고요."

"이해해 주셔서 감사합니다."

단, 그래서야 어디까지나 일차원적인 목표에 도달할 수 있을 뿐이고, 유상훈은 이왕이면 강하윤을 통해 광금후가 어느 혐의로 수사를 받는지를 알아내고 싶었다.

'방금 전 그녀의 말에서 이게 형사사건이라는 것까지는 알게 되었지만, 그게 어느 정도의 범죄 행위인가 하는 건 조금 다른 이야기니까.'

어쩌면, 이 정보를 이성진에게 비싼 값에 팔아치울 수 있을지도 모르고.

재빨리 머리를 굴린 유상훈이 말을 이었다.

"하지만 이번 일이 조광 그룹과 무관하다고 하면 저도 광금후 사장님의 변호를 맡아야 할지도 모릅니다. 그러니 혹시 살짝이라도 귀띔을 해 주실 수는……."

"……."

"……없나 보군요. 알겠습니다."

이거 호락호락하지 않군.

강하윤은 풀이 죽은 유상훈을 가만히 바라보다가 한숨을 내쉬었다.

"솔직히 말씀드리면 저도 이번 수사가 변호사님이 말씀하신 상호 이익 위반 조례와 연관이 있는지 모르겠습니다. 저는 그 조례가 어느 정도 수준까지 적용되는지도 잘 모르고요."

어라, 이거 조금 말문이 트이려나?

"그게 무슨 말씀이십니까? 왠지 짐작 가는 부분이 있으신 것 같은데요."

"……."

강하윤은 잠시 생각에 잠겼다가 입을 뗐다.

"……광금후가, 아니 광금후 사장님이 이번 임시주주총회에서 의장직에 선출된 것은 신진물산의 경영 실적과 무관하지 않은 거죠?"

꽤 자세히 알고 있는걸.

풋내기 경찰이라고 만만히 봐서는 안 되겠다.

"아마 그럴 겁니다. 현재 조광 그룹의 이사진이 경영하는 자회사들 중, 신진물산이 가장 돋보이는 실적을 자랑하고 있으니까요. 어쨌거나 주주들은 회사의 투자자이자 또 다른 주인, 그들 입장에선 상대의 인격이나 성품보다 회사를 잘 경영하는 것이 가장 중요한 일이 아니겠습니까. 그런 의미에서 보자면 광금후 사장님이야말로 조광의 차기 리더로 손색이 없는 인물인 셈이죠."

"음……."

강하윤이 무심결에 미간을 찌푸리자 유상훈은 얼른 덧붙였다.

"뭐, 어디까지나 일반 주주들의 입장에서 보자면 그렇다는 말입니다, 하하."

"그렇군요."

강하윤은 담담하게 고개를 끄덕였다.

"그러면 사실은 그 실적이 정당하지 못한 방식으로 부풀려진 것이라면요?"

강하윤의 질문에 유상훈은 멈칫했다.

'설마, 분식 회계인가?'

아니, 그것만은 아닐 것이다.

사실 유상훈은 아까 전, 강하윤을 보자마자 '정진건'이 누구라는 사실을 이미 머릿속에서 떠올려 냈다.

정진건은 유상훈의 고용주인 이성진과 적잖은 인연이 닿아 있는 인물로, 강력계 출신의 베테랑 형사였다.

'즉, 이번 사건은 경제범죄수사대가 나설 일이 아닌, 강력계 출신 형사가 맡아야 할 일이란 의미렷다.'

단순한(?) 분식 회계라면 정진건이 이 자리에 있을 이유도, 저렇게 깡패인지 형사인지 분간이 안 가는 사람들이 회사 내부를 분주하게 오갈 일도 없을 것이니, 광금후에게 적용된 혐의는 강력계에서 맡아 처리할 형사사건이리라고 유상훈은 추론했다.

'어디보자, 강력계에서 전담하는 건 살인, 강도, 강간, 방화 등의 범죄지. 그런데 여기서 분식 회계로 뻥튀기를 할 만한 수익이 나올 만한 건 뭐가 있을까?'

강도? 아니면 경쟁자를 납치 살해?

전자라면 그런 일로 수익을 뻥튀기하기란 쉽지 않고, 후자라면 그 수완으로 경영에 매진하는 것이 훨씬 나을 것이다.

'게다가 그런 거라면 이번처럼 압수수색 영장이 아닌 구속영장을 발부했겠지. 흠, 회사의 장부에 뻥튀기를 할 정도로 큰돈이 오가는 강력 사건이라…….

재채기가 나오기 직전처럼 알 듯 말 듯한 내용이 유상훈의 목구멍 언저리에서 오가는 동안, 강하윤이 조심스레 물었다.

"저, 변호사님?"

"아, 죄송합니다."

유상훈이 머리를 긁적였다.

"잠시 생각을 하느라…… 만약 정말로 그런 거라면 문제가 되겠군요. 현재 광금후 사장님에게 주어진 권한과 명분은 신진물산을 일궈낸 그 밑바탕이 있어서이니 말입니다."

"예……."

유상훈의 말에 맞장구를 치면서도 강하윤은 내심 '너무 많은 말을 했나?' 하고 생각했다.

"아무튼 알겠습니다."

유상훈이 말했다.

"현재 수사 방향이 어떻건 간에 제가 변호사로서 이 일을 맡을 수 없게 되었다는 건 확실해졌군요. 또, 저도 형사사건은 전문이 아니고요. 그쪽 분야에 정통한 다른 사람을 소개해 주는 선에서 저는 손을 떼겠습니다."

강하윤은 유상훈이 광금후의 변호를 포기한 것에 안도했다.

어쨌건 일이라고는 하나 박강선의 일을 잘 마무리 지어 준 유상훈은 그녀에게 아직도 '좋은 사람' 이었으니까.

그런 강하윤의 생각과는 별개로 유상훈은 머릿속에서 계

산을 굴리고 있었다.

'어디 보자. 이 정보, 잘만 하면 꽤 비싸게 팔리겠는걸.'

문제는 누구에게 이 정보를 팔아치우는가 하는 것인데…….

비록 방금 전에는 이성진을 후보로 떠올렸지만, 그 영악하기 그지없는 꼬마 사장에겐 이 정보를 제값에 팔아치우기 힘들 것 같다는 생각에 미쳤다.

'뭐, 이성진이 아니라 하더라도 상관없지. 또 한 사람, 후보가 있거든.'

박승환에게 저택을 안내하던 조세화는 핸드폰이 울리자 그에게 양해를 구한 뒤, 잠시 자리를 비켰다.

혹시 광금후일까?

조세화는 제발 그가 아니면 좋겠다고 생각하며 호흡을 가다듬은 뒤 전화를 받았다.

"여보세요?"

–여보세요. 안녕하십니까, 세화 씨. 유상훈 변호사입니다.

다행히 광금후는 아니었지만, 유상훈이 자신에게 전화를 건 것도 의외라면 의외였다.

'뭔가 안 좋은 일이 생겼나?'

그는 얼마 전 이성진의 소개로 만나 보기는 했으나, 그렇다고 불쑥 전화를 주고받을 정도의 사이는 아니었으니까.

"아…… 네. 변호사님. 어쩐 일이세요?"

—하하, 별일 아닙니다. 잘 지내시는지 궁금해서요.

더군다나 별일 아닌 데도 일부러 전화를 걸어가며 안부를 주고받을 사이는 더더욱 아니고, 그와는 이번 합자회사의 법인 설립에 따른 상담을 위해 짧고 사무적으로 만났던 것이 전부였다.

—혹시 지금 바쁘십니까?

"……잠시라면 괜찮아요. 무슨 일이신데요?"

—아, 그러셨군요. 이거 참, 바쁘신 와중에 실례했습니다. 바쁘시지 않으면 잠시 제 사무실에 들러 달란 말씀을 드리고 싶었는데.

……흠.

'이 사람이 아무 용건도 없이 나를 만나자고 할 리가 없는데.'

본인 스스로는 별로 자각이 없지만, 조세화의 사람 보는 눈은 꽤 정확한 편이었다.

"지금 하고 있는 일만 마치면 이후로는 괜찮아요."

—잘됐군요. 그럼 언제든지 편하게 방문해 주십시오. 저도 오늘은 사무실에 박혀 있을 예정이거든요, 하하.

그만큼 중요한 일인 건지, 아니면 그냥 일이 없는 건지.

"네, 그럴게요. 아, 성진이도 불러서 같이 갈까요?"

수화기 너머 유상훈은 잠시 말이 없더니 이내 말을 이었다.

–아, 그러실 필요 없습니다. 우리 이성진 사장님이 무척 바쁘신 분이라는 건 세화 씨나 저나 피차가 아주 잘 아는 이야기니까요. 하하.

……수상한데.

조세화는 그 이성진이 지금 우리 집에 와 있다는 걸 말하려다가 말았다.

"알겠습니다. 그럼 오늘 사무실로 찾아뵐게요."

–예, 기다리고 있겠습니다.

물론 그땐 성진이랑 함께 말이지만.

유상훈이 간과한 점이라면 이성진에 대한 조세화의 신뢰가 유상훈의 예상을 넘어선 범주에 있다는 점일 것이다.

그렇게 유상훈과 짧은 통화를 마친 조세화는 곰곰이 생각에 잠긴 얼굴로 박승환에게 돌아갔다.

한편 비디오카메라로 자리를 옮겨 가며 방 구석구석을 훑던 박승환은 조세화의 인기척을 느끼곤 고개를 돌리지 않은 채 말했다.

"마침 잘 오셨습니다. 방송 때 이곳 서재를 써 보면 좋은 구도가 나올 거 같은데, 혹시 방송에 나오면 곤란한 개인 용품 같은 건 없을까요?"

박승환의 말에 조세화는 하던 생각을 멈추고 쓴웃음을 지었다.

"그런 거 없어요. 병환 탓에 할아버지가 이 서재에 안 들어가신 지도 꽤 오래되었고……."

이미 그럴 만한 물건은 다 치워 버렸거니와, 몇몇 중요한 물건은 따로 관리가 잘되는 창고를 구해 거기에 비치해 두었다.

'중요하다고는 해도 어디까지나 할아버지랑 나 사이의 개인적인 추억이 서린 것들뿐이니까.'

그 외에 조성광이 말년에 소소하게 수집해 온 갖가지 미술품이며 장식 등은 이미라가 좋은 가격을 쳐주기로 했다.

그러다 보니 조세화도 추억이 서려 있긴 하나 어차피 비워야 할 집, 미련을 갖지 않기로 마음먹고 있었던 것이었다.

'그렇기는 하지만 나도 서재는 별로 안 와 봤는걸.'

아마도 기분 탓이겠지만, 조세화는 유산을 상속 받은 이후에도 조성광의 생전부터 출입이 금지되었던 그의 개인 공간에 발을 들이는 것이 저어되었던 탓에, 그녀도 서재는 형식적으로 둘러보기만 했을 뿐 다른 장소처럼 추억에 잠겨 돌아보진 않았다.

'나한테는 이 장소에 별로 추억이랄 것도 없고.'

굳이 한 가지 꼽자면 그녀가 어릴 적, 조성광 몰래 그가 출입을 금지시킨 서재에 들어가 보았을 때의 일로, 막상 기대만큼 별로 대단한 것도 없어서 어린 마음에 실망한 것이 전부였다.

그래서 조세화는 조성광이 그저 남들에게 방해받지 않는 자신만의 장소를 원해서 그랬으려니 생각하고 있었다.

'그래도 뭐, 혹시 모르니까.'

조세화는 꽂아 두기만 하고 읽지는 않았는지, 서재 빼곡히 박힌 책장을 둘러보며 픽 웃었다.

'할아버지도 참, 읽지도 않을 책을 이렇게나 모아 두시곤.'

자신이 제대로 된 공부를 하지 못한 것에 청년 시절부터 은근한 콤플렉스가 있던 조성광은 서재를 만들며 '있어 보이는' 각종 양장본을 책장 가득 박아 두었던 것이다.

'정작 할아버지 당신도 이곳에는 별로 발길을 하지 않으셨으니…….'

그렇게 별생각 없이 책장을 훑던 조세화는 왠지 유독 하나만 손때가 탄 것 같은 책을 발견했다.

'잃어버린 시간을 찾아서?'

조세화도 읽어 보지 못한 책이었다.

'할아버지가 자주 보실 정도로 재밌는 책인가? 저자 마르셀 프루스트. 독일인 아니면 프랑스인인가 본데.'

전생, 한때 젊은 시절의 치기로 그 책에 손을 댔던 이성진이 옆에 있었다면 학을 떼며 말렸겠지만 조세화는 그 책을 몰랐기에 서슴없이 손을 뻗었다.

'어라.'

조세화는 자연스럽게 펼쳐진 페이지 사이에 끼워 둔 사진을 발견하고 멈칫했다.

낡은 흑백사진.

'할머니인가?'

조성광은 아마 이 사진을 책 사이에 끼워 두고 이따금 남들 모르게 감상하였으리라.

'할아버지, 의외로 로멘티스트였구나.'

조세화는 조금 두근거리는 심정으로 약간의 죄책감을 담아 사진을 자세히 살폈다.

조세화가 한 번도 본 적 없는 사진 속 할머니는 젊고, 예뻤다.

'응?'

그런데, 왠지 낯이 익은 듯하다.

그 익숙함은 언젠가, 이때보다 나이 든 할머니의 사진을 본 기억 때문일까.

'……아니, 왠지 잘은 모르겠지만 할머니랑 이분은 다른 사람 같아.'

자세히 보니 기억 속 할머니의 사진과 이 사진 속 여인은 이목구비가 달랐다.

'그러면 이 사람은 누구지?'

다음 권으로 이어집니다